오늘의 착각

오늘의 착각

ー 허수경 유고 산문

ㄴㄴ > < ㄷㄴ

작가의 말

착각의 사전적인 정의는 "어떤 사물이나 사실을 실제와 다르게 지각하고 생각한다"지만 언제나 그렇듯 사전적인 정의는 착각과 함께 살아야만 하는 우리에게 치료를 위한 아무런 처방전을 내놓지 않는다. 하긴 착각이라는 상태에 대한 처방전이 있을 리가 없고 있을 필요도 없다. 착각은 우리 앞에 옆에 뒤에 그리고 언제나 있다. 방향을 가리키는 전치사와 후치사 사이에 삶은 있다가 간다. 방향을 잃는 것은 인간의 일이다. 착각은 또한 시인이 이 지상에 개점한 여관에 든 최초의 손님들 가운데 하나이다. 시인의 영혼에게 가장 많은 잔심부름을 시키는 이 손님을 시인은 내몰 수가 없다. 잔심부름의 대가로 시인이 얻는/잃는 것이 너무나 많기에. 시인은 이 공존을 이미 받아들였다. 착각은 발칙하게도 시인이 이 지상에 차린 여관에 손님으로 와서는 어느 사이 여관 이름마저 '착각'이라고 개명해버렸다. 아주 오래된 일이다.

착각여관에서 한 생을 살고 있는 시인으로 이 에세이를 시작한다. 이 글이 연재된 『발견』이라는 시 잡지의 이름이 어떤 '착각'의 증거일 수도 있기에. 발견은 없다. 다만 어떤 상황을 착각으로 살아내는 미학적인 아픔의 순간이 시에는 있을 뿐이다. 발견의 어두운 그늘을 걷는 것이 어쩌면 시인의 일일지도 모르겠다. 우리는 하이네가 명명한 "고아가 된 노래"를 붙잡고 착각의 기타 소리가 흐르는 세계를 걸어가다가 다시 착각여관으로 돌아올 수밖에 없다. 돌아올 수 있으리라는 착각에 우리가 사로잡혀 있다면.

2014년 가을, 허수경

― 차 례

1
—

물고기 모빌,
혹은 화어花魚

.
.
.

　내가 잠을 자는 방에는 전등 아래에 나무로 만든 여러 빛깔의 물고기 모빌이 걸려 있다. 필리핀을 여행했던 어느 친구가 현지의 수공예품이라고 가져와서 나에게 선물을 한 것이다. 물고기 모빌을 들고 나를 방문한 그와 함께 술 한잔을 했던 오월 저녁의 빛은 참 고즈넉해서 심지어 우리는 술잔을 밀어내고 산책을 하기로 했다. 집을 나와 오래된 풍차가 있는 곳을 지나서 비탈길을 내려와 대로를 건넜을 때, 마을의 집들 사이로 옛 공동묘지가 보였다. 독일인들은 공동묘지를 마을 안에 둔다. 처음에는 어색했지만 자주 보니 그것도 익숙해졌다. 산책을 하면서 묘지 옆을 지나는 느낌도 그리 나쁘지 않았다. 죽음과 삶이 한 마을에 거주하는 풍경 앞에 잠시 서 있다가 다시 삶으로 돌아오는 마음이 착하다는 생각도 했다.

더 넓은 새 공동묘지가 생기고 난 뒤 죽은 자들은 새 터로 이사를 했다. 그뒤 묘지터는 마을 사람들의 산책지가 되었다. 몇 개의 비석과 마리아상이 있는 작은 신전만이 옛 묘지가 있던 곳이라는 걸 증명했다. 젖먹이가 옹알거리듯 잦아들고 있는 저녁빛 속, 묘지터는 죽은 자도 떠날 수 있다는 걸 보여주었다. 죽은 자를 다른 곳으로 보낸 이들은 산 자일 것이다. 그 산 자들의 오열이 사라진 고요 뒤에 느린 걸음걸이의 산책지가 생겨난다. 그 자리에는 개를 데리고 산책을 나온 노인, 한구석에 놓인 벤치에 앉아서 책을 읽는 여자, 자전거 타는 연습을 하고 있는 아이, 줄줄 흘러내리는 아이스크림 하나를 둘이서 빈갈아가며 애닳쓰게도 핥고 있는 연인이 있었다. 그들도 이곳이 한때 묘지터였다는 걸 알고 있을 것

이다. 그러나 더이상 묘지터가 아닌 옛 묘지터에는 두려움
과 경건이 바싹 말라버린 경쾌함 속에 저녁을 몰고 오는 가
녀린 햇빛만이 있을 뿐이었다.

친구는 마닐라에서 본 기이한 장면을 나에게 들려주었다.
마닐라에는 축구장 칠십 개를 모아놓은 것만큼 큰 공동묘지
가 있고 약 이천 명이 무덤 사이에서 산다고 했다. 그들은 묘
지를 돌보는 사람들이지만 다른 곳에 거처를 구할 수 없는
가난한 사람들이기도 했다. 전기는 묘지 관리소에서 샀고 물
은 묘지에서 약 일 킬로미터 떨어진 곳에서 길어와야 했다.
관이 놓인 자리 위에는 이불이 펼쳐져 있었고 관과 관 사이
에 있는 부엌에서 끓여낸 음식을 역시 관과 관 사이의 바닥
에 앉아서 사람들은 먹었다. 관 사이에서 텔레비전을 보고
관 위를 기어오르며 아이들은 놀았다. 묘지와 묘지 사이에
있는 줄에 색색의 빨래를 널었으며 여자들은 묘석에 기대어
수다를 떨었다. 죽은 자에 대한 예의와 산 자의 살아갈 권리
가 엇갈리며 짜인 거대한 피륙이 인구가 넘쳐나는 거대도시

마닐라의 들끓는 태양 아래에서 흔들리고 있었다. 아주 낯선 문명의 한 장면이었다. 친구는 자신이 보았을 거라고 착각한 어떤 이미지를 들려주었다. 묘지와 묘지 사이에서 빨래를 하던 열 살가량의 한 소녀가 날아가는 새들을 올려다보고 있었다. 새들 가운데 하나가 대열을 이탈하고 잠시 아래쪽으로 날아왔다. 그러고는 소녀의 주위에 잠시 머물렀는데 그 순간 소녀의 눈과 새의 눈이 마주쳤다. 새는 곧 대열로 합류했고 소녀는 하던 빨래를 계속했다. 날아가는 생명과 무덤 사이에서 사는 한 생명의 눈 마주침. 그 둘 사이에서 거대 도시의 탁하고 숨막히는 공기는 잠시 맑아졌다. 그 맑음을 보았다고 말하는 필리핀 여행자는 문명의 멜랑콜리 속에서 잠시, 착각을 했을 것이다. 그리고 나는 그 착각을 잠자는 방의 전등에 걸어두었다.

소녀는 그곳이 묘지라는 걸 알고 있었을까? 묘지라는 게 정말 무엇인지 열 살 정도의 소녀는 알고 있었을까? 타인의 묘지가 자신의 집인 소녀의 내면에는 어떤 유년의 그림들이 들어앉을까?

 물고기 모빌을 침실의 전등 밑에 걸어둔 다른 이유는 아마도 바다 근처에서 태어난 자가 습득한 본능이었는지 모르겠다. 타인의 본능은 모르지만 나는 그랬다. 봄을 알려주는 것은 연두의 빛이나 봄꽃이기도 하지만 나에겐 바닷빛이 변하는 모습이었다. 내가 태어난 곳의 봄바다는 봄이 오기 시작하면서 연두를 띤다. 왜 바닷빛이 변하는지, 막 돋아나는 어린 해초 때문이었는지 아니면 순해진 바람이 만지고 가던 물결 때문이었는지 모르겠다. 아니면 조금씩 따뜻해지는 물길을 타고 오는 물고기떼 때문은 아니었는지. 태양이 봄빛을 보낼 때쯤 내가 살았던 바다 가까이로 거대한 떼를 지어 떠도는 멸치빛이 나는 좋았다. 집단으로 헤엄치던 것들이 커다란 어망에 걸려 은빛으로 파닥이며 지상으로 올 때 나는 어부의 기쁨에다가 내 마음을 기대야 하는지 아니면 저렇게 파득거리며 하늘을 날아올라갈 기세인 멸치들이 바닥에 너부러지면서 썩어가는 걸 애도해야 할지 몰랐다. 다만 바다

근처에서 잡은 것들로 생계를 유지하던 이들의 거친 손을 보면서 침묵했다. 소녀들이 입을 여는 것을 어부는 달가워하지 않았다. 그들은 잔망스럽다, 했으며 재수없다, 고도 했다. 뭐 어부들에게 서운한 마음이 있는 것은 아니었으나 나이가 들면 들수록 여자와 재수를 연관 짓는 어부들의 미신에는 그들이 겪어내어야 했던 바다의 신산스러움이 들어 있지 않을까, 하는 생각은 들었다. 그들은 바다를 믿지 않았고 다만 그들의 운수만을 믿었으니, 바다의 변덕스러움을 떠올린다면 그들을 탓할 일만은 아닐지도 모른다.

바닷가 마을에 있던 외가는 나에게 많은 생애의 그림을 선물했다. 가을빛 아래 걸린 빨랫줄에서 물고기들이 여리고도 암팡지게 말라가던 마을이 내 외가였다. 사내들은 아낙들이 끓여준, 금방 넣은 부추가 아직도 파랗고 뜨거운 조갯국을 들이켜고는 바다로 나섰다. 한겨울에 꾸덕꾸덕 말린 생선살을 숯불에 굽는 냄새가 나던 곳이었다. 집간장에다 여러 가지 해물을 넣고 조린 것을 꾸미로 우려 떡국을 끓여 먹으며,

바닷소리와 함께 밀려오는 변덕스러운 해풍에 진저리치던 곳이었다. 또한 화어를 만들던 곳이었다.

화어는 참새우, 달강어, 북어, 학꽁치, 붉은메기 등을 말려 꼬리를 노란빛과 붉은빛으로 물들인 음식이다. 지금도 귀하고 값비싼 화어를 어찌어찌해서 어린 시절에 먹어보는 영화를 나는 누렸다. 짜고 너무나 달아서 딱히 맛있다는 느낌은 없었지만, 먹거리에다 예술적인 감각을 더하는 이들이 이 지상에 있다는 걸 나는 그때 눈치챘다. 그때는 가난한 시절이었다. 화어를 만든 이가 한 인간의 예술적인 포만감을 위해 그리 귀한 시간을 쓸 수 없었을 거라고 나는 한동안 생각했다. 하지만 나이가 들면 들수록, 지상의 물질적인 부를 뜨악하게 바라보는 시선이 생기면서 가난이 인간의 아름다움에 대한 열망을 온전히 다 빼앗지는 못한다는 생각이 들었다. 화어를 만든 이는 수산가공품의 부가가치를 염두에 두기는 했겠지만 그게 전부는 아니었을 것이다. 바다 곁에서 보내는 새벽과 아침, 오후와 저녁, 그리고 밤. 그 생애 동안 바다에 대한 지극한 마음이 벼려지고 벼려지다가 마침내 화어를 만들자, 작정한 것은 아니었을까? 그는 물고기를 잘 아는 사람이었을 것이다. 소금을 얼마나 쳐야 물고기의 살들이 썩지 않는지, 어떤 햇빛에서 말려야 포실하게 몸결이 일어날지, 어떤 물고기에 어떤 색을 입혀야 하는지, 그리고 어떤 색들의 조화가 보고 먹는 이들의 감각을 깨어나게 할지. 그것은 아마도 본능으로 그가 가졌던, 그리고 바다 곁에서 익혔던 눈썰미였을 것이다.

화어는 아마도 내가 가진 미학적 원체험일지도 모른다. 가난한 바닷가에서 누군가가 노랑과 분홍, 푸른 물을 들이며 꽃바다의 회화를 삼차원으로 재현하려는 시도를 할 때, 이 지상의 바닷가는 화공의 거대한 아틀리에가 되었을 것이다. 물론 나는 화어를 만드는 걸 직접 본 적이 없다. 그래서인지 화어는 더 신비스럽게 기억 속에 남아 있다. 캔버스에 그림을 그리거나 종이 위에 시를 쓰면서 바다의 아름다움을 표현하지 않고, 바다에서 살던 것들의 육체를 말리고 단물을 입힌 다음 색을 넣는 손을 생각하면 그토록 화려하게 장식한 이집트 왕들의 관이 떠오른다. 금을 입힌 관 안에는 미라가 들어 있다. 다시 이 지상에 올 것을 믿었던 고대인들이 육체를 손상시키지 않기 위해 미라를 만든 것을 생각해보면, 어쩌면 화어는 물고기 미라가 아닐까, 싶기도 하다. 물론 물고기가 다시 생명을 받고 그 바짝 마른 화어 속으로 들어올 수는 없겠지만, 어쩌면 바다에서 살던 것들의 육체를 저렇게 화려하게 치장하는 내면에는 고대 이집트인들이 육체로 되돌아올 영성을 믿었던 것과 비슷한 무엇이 들어 있지 않을까, 싶다. 이집트의 왕들도 그들의 미라가 된 죽은 몸속으로 다시 돌아오지 못했다. 그 화어를 이 사이에 넣고 씹었으니 나는 영문 모르던 어린 야만인이었다.

아마도 필리핀에서 가져온 물고기 모빌의 물고기들을 바라보다가 내 기억의 한 귀퉁이에서 가만히 헤엄치고 있던 화어가 밖으로 나왔는지도. 밤에 잠에서 깨어 창으로 들어오는 가로등의 불빛 속에서 물고기 모빌을 바라볼 때, 바닷속에 누워 흔들거리며 헤엄치는 여러 빛깔의 물고기를 보고 있는 느낌을 받았다. 나는 모빌을 올려다보며 잠이 들곤 했고, 잠을 설치거나 꼬박 눈을 붙이지 못하기도 했고, 책을 읽고 메모를 하기도 했다. 해가 뜨고 지고 살았던 그냥의 날들. 행운의 날들. 그 시간 동안 물고기 모빌이 있는 한 내 침실은 가상의 바다였다. 그 바다는 휴식처였고 불면의 해풍이었고 심해 속에서 부유하는 그림자들과의 만남이었다. 그리고 나의 모든 관념적인 싸움이 일어난 싸움터이기도 했다. 그 사이사이, 나는 바닷가를 다녀오기도 했고 멍하니 바다를 바라보다가 근처의 식당으로 가서 생선국을 먹고는 했다. 배를 타고 어딘가를 건너가기도 했다. 그때 내 손에 들려 있던 책은 쥘 미슐레의 『바다』였다. 19세기 프랑스 역사학자인 그는 1831년 칠월에 그 당시 일곱 살이었던 딸 아델을 데리고 노르망디에 있는 르 아브르에 머물고 있었다. 그곳에서 그는 바다에 대한 첫 경험을 했다. 딸은 해변에서 성난 물결 속으로 돌팔매질을 하고 있었다. 그는 이렇게 쓴다.

"내가 바다로 데리고 갔던 한 작은 소녀는 자신의 어린 용기를 알아채었고 이 (바다의) 도발에 격분했다. 소녀는 전쟁을 전쟁으로 대항했다. 웃음이 나올 만큼 상대가 되지 않는 싸움, 부서져버릴 것 같은 생명체의 부드러운 손과 그 손에게 아무 관심도 보이지 않는 끔찍한 폭력 사이의 싸움. 하지만 웃음은 잠시에 불과했다. 나에게는 한 생각이 밀려왔다. 나의 사랑하는 존재는 얼마나 짧은 시간을 살 수밖에 없는지. 소녀의 무상함 그리고 우리를 다시 받아들이는 지치지 않는 영원함 앞에 서 있는 무력감. 이것은 바다에 대한 나의 첫번째 생각들이었다. 이것은 내 꿈꾸기였고 어떤 싸움을 내 속에서 깨워낸 너무나 사실이 되어버릴 전조가 가져다준 어두워짐이었다. 내가 다시 보는 바다와 내가 더이상 보지 못하는 아이 사이의 싸움."

그의 예감은 맞아서 딸 아델은 아버지보다 먼저 이 지상을 떠난다. 태양이 이미 떠난 낯선 해변에 앉아 읽던 책을 접으며 나는 바다를 바라보았다. 해변에는 바다갈대가 우거져 있었고 멀리로는 검은빛의 바위들이 성전의 돌기둥처럼 줄을 잇고 서 있었다. 간간이 보이는 배들은 뿌연 회색을 띤 물결 속에 이리저리 휘둘리면서도 기묘하게 균형을 유지하며 돌아다녔다. 해변에 선 인간은 유한했고 바다는 끝을 알 수 없어서 모호했다. 그 앞에 서서 인간의 유한성을 생각해보는 단순한 사유조차 거부하는 막막한 자연이 바다였다. 회색의 물결 뒤, 수평선으로 가까워지면서 바닷물은 청람빛으로 넘실거렸는데 그곳까지 배들은 나아가지 않고 회색의 언저리를 돌고만 있었다.

바다 곁에서 받는 위로는 우리가 자연에 가까이 있다는 착각 때문이다. 인간이 경작하지 않은 자연은 인간에게 공포의 대상이었다. 고대의 인간들에게 경작되지 않은 숲은 얼마나 큰 공포의 대상이었는가. 검은 숲을 멀찌감치에서 바라보면서 이해할 수 없는 자연 앞에서 인간은 수많은 괴물을 상상했다. 그 결과가 우리가 알고 있는 신화나 동화 속의 존재들이다. 인간은 숲을 이미 경작했다. 그러자 그 괴물들은 숲에서 사라졌고 이야기 속으로 들어왔다. 아마존의 원시림 속에 축구 경기장이 들어서고, 인간의 시간이 짐작할 수 없는 시간을 살아낸 나무들을 베어내고 그 자리에 콩을 심었다. 하지만 바다는 어쩌면 영원히 경작되지 않을 자연이다. 바다에 대해서라면 우리는 천체만큼 무지하다. 깊은 바닷속을 부유하는 괴물들은 이야기 속에 들어와 있기도 하지만 아직 바닷속에 있다. 그들 모두를 우리는 책 속으로 불러들이지 못할 것이다. 우리가 모르면 그들은 이 세계 어디에도 존재하지 않을 거라는 착각을 우리는 한다. 그리고 우리는 바다 곁으로 가서 맨발로 산책을 하고 바다에서 나온 것들을 입맛 다시면서 먹는다. 배를 타고 한바다로 나가서는 하늘이 노래지도록 멀미를 하면서도 어부가 잡아서 금방 회 쳐주는 접시 앞에서 아, 나는 자연 속에 있구나, 생각한다. 푸르고도 검은 온갖 유기체의 움직임인 물결을 바라보면서 사랑하는 이의 손을 잡기도 한다. 이 착각은 너무나 인간적이다. 그리고 이 착각은 장악할 수 없는 자연 앞에 선 인간이 누릴 수 있는 작은 신화의 순간이기도 하다.

세월호가 가라앉고 아이들이 바다에서 생매장을 당하고 난 뒤 내 잠자는 방은 끔찍한 바닷속으로 변했다. 죄스러움과 도저한 공포, 무력의 조류가 방안을 장악하기 시작했다. 내가 화어라고 착각했던 물고기 모빌들이 굶주린 거대 물고기가 되어 이빨을 드러내며 위협하기 시작했다. 물고기 모빌을 올려다보면서 잠을 청할 때, 고요한 사유의 시간은커녕 이대로 가다간 돌이킬 수 없이 가라앉을 것이라는 불안의 잔잔한 물결이 일어났다. 잔잔한 불안의 물결은 거친 해풍보다 영혼을 더 잠식할 거라는 예감이 들면서 나는 물고기 모빌을 치워버리리라 작정했다. 삶에서 죽음이 묻어나고 죽음에서도 삶이 묻어난다는 것을 많은 이가 그렇게 누누이 일러오지 않았는가. 자신의 침대가 자신의 무덤이라는 것을 온몸으로 경험한 이는 시인 하이네였다.

하지만 그럴 수 없었다. 물고기 모빌은 전등 밑에 아직 달려 있다. 떼어낼 수 없는 힘을 모빌은 가지고 있었다. 물고기 모빌을 바라보았던 내 시선의 반전을 직시하지 않으면 더 큰 착각이 바다의 가장 깊은 곳에서 아주 오래된 전설 속의 괴물처럼 서서히 머리를 치켜들고 삶 속으로 들어올지도 모른다는 느낌 때문이었다. 이것도 착각일 것이다. 그럼 어떤가, 이십 세기 초 베를린에서 어린 시절을 보냈던 벤야민은 기차역에서 멂과 가까움이 한 공간에 거주하는 착각을 했다. 「운수 좋은 날」이라고 현진건이 명명한 착각과 파탄의 예감은 어깨를 나란히 하며 인력거를 타고 1920년대 서울의 거리를 달려갔고, 미완성 교향곡이 흐르던 주요섭의 「아네모네의 마담」에서는 마담 영숙이 달았던 자줏빛 귀걸이가 뿜어내던 설렘과 실망 속 착각이 어른거린다. 영숙은 귀걸이를 떼어버리지만 다음 착각이 올 때 그녀는 다른 귀걸이를 달 것이다. 오늘, 내 착각여관에는 필리핀에서 온 물고기 모빌이 고향의 화어로 헤엄친다. 이 화어들은 바다의 알 수 없는, 깊은 곳에 살다가 서서히 해안 쪽으로 오면서 언젠가는 모든 도시를 도륙할 잠재적인 고질라로 잠의 공중에 매달려 있다.

2

—

김행숙과 하이네의 착각,
혹은 다람쥐의 착각

.
.
.

 사람들은 백 년 동안 한결같이 유리창을 사랑했다는 생각이 들어. 유리창을 통과하여 찻집으로 날아든 하얀 새를 보면서, 유리창이 가짜라고 생각하는 사람과 새가 가짜라고 생각하는 사람이 마주 앉아 커피를 홀짝거리고 있어.*

 시인은 자신이 사는 동네의 커피 전문점에 앉아 있다. 공

---

* 김행숙, 「유리창에의 매혹」, 『에코의 초상』, 문학과지성사, 2014.

무원 시험을 준비하는 이와 함께. 유리창이 넓은 커피 전문점. 저녁은 온다. 여섯시 무렵. 마술은 시작된다. 놀랄 일이 아니다. 저녁은 인간의 착각하는 능력을 가장 잘 이용하는 시간대이며 착각은 홀연히 도착하는 마술의 순간이기도 하다. 밝은 것들에게 저녁이 자막자막 어두워지는 그물을 드리우는 시간. 이 지상의 주점들이 이 무렵에 하나둘씩 문을 여는 것은 저녁과 술이 만나면 저녁이 드리워놓은 그물이 점점 촘촘해지면서 생겨나는 시간의 착각이 가장 격렬한 꽃잎을 떨구기 때문이다. 이때 시인은 주점이 아니라 커피 전문점에 있다. 술의 힘을 빌리지 않고도 시인은 이 세계와 저 세계의 경계에서 잘 떠돈다. "세상의 모든 커피 전문점 2층의 천장에 박힌 알전구들이 유리창 너머 허공 속으로 한 개씩 한 개씩 늘어서는…… 놀라운 광경을. 나는 저녁 여덟시에 청색 하늘에 떠 있는 전구들을 바라보고 있으면…… 어쩐지 친구를 한 명씩 한 명씩 잃어버리고 있다는 생각이 들어. 유리창 너머에서."

살아가면서 자신의 삶을 증언할 친구들을 잃어버린다는 생각을 들게 할 만큼 유리창과 나 사이의 경계는 위험하다. 그다음 연은 앞에 인용한 대로다. 아마도 시인은 유리창 너머로 날아가는 새를 보았을 것이다. 시인의 내면의 물결을 건드리며 새는 유리창을 통과하여 찻집으로 날아든다. 도심의 커피 전문점 안으로 날아드는 새. 새가 이곳으로 날아올 수 있을까. 그러니 시인은 유리창이 진짜/가짜인지 아니면 새가 진짜/가짜인지를 함께 커피를 마시는 이와 다툰다. 김행숙의 시는 유리창이 막고 있는, 어떤 선이 뭉툭한 붓으로 뭉개지는 시간을 그린다. 이곳에 있는데 이곳에 없다는 느낌. 아무것도 구체적으로 잃어버린 것도 아닌데 하나씩 잃어버리고 있다는 느낌. 섬뜩한 것은 이것이 착각이 아니라 정말 그렇다는 데 있다. 언젠가는 너를 잃어버릴 거라는 이 확연한 사실을 착각으로 위장하여 저녁 어둠에 놓아두는 것, 그 시적 순간에 "어둠은 거울 속처럼 너의 얼굴을" 가져가버린다. 정말 잃어버리는데도 잃어버릴지도 모른다고, 잃어버리는 것은 사실이 아니라고, 착각이라고 유리창은 우리를 매혹한다. 어쩌면 시 제목인 「유리창에의 매혹」은 착각 속에 모든 감각을 놓아버리고 싶은 시인의 깊은 열망은 아닐는지. 그 매혹 속에서 저녁이 오는 시간, 커피를 홀짝거리며 무한의 수평선에 앉아 저물어들고 싶은 심정. 창문은 시인을 착각하게 만들 뿐 아니라 시인과 마찬가지로 포유류인 다람쥐를 착각하게 만든다.

다람쥐가 마당을 오가는 작은 마을에서 사는 영화를 누리는 덕분에 가끔 재미있는 장면을 목격하곤 한다. 가을이면 다람쥐들은 바쁘다. 겨울 식량을 여기저기 파묻어두느라 종일 재재거린다. 내가 사는 집은 마당으로 나가는 미닫이문이 통유리로 되어 있다. 가을이라 바쁜 다람쥐가 어느 날 이 통유리로 된 문 앞을 서성거리더니 앞발로 문을 두드렸다. 아니 인간인 내가 보기에 그랬다는 것이다. 다람쥐와는 말이 통하지 않으니 진짜 문을 두드렸냐고 물어볼 수는 없었다. 다람쥐에게 안이 멀쩡히 다 들여다보이는 유리문은 기이한 경계였을 수도 있을 것이다. 다 들여다보이는데도 들어가지 못하는 곳, 투명한 경계라 경계인지 아닌지 알 수 없는 곳. 그리고 바깥에서는 서 있는 나무들이 비치므로 다람쥐는 유리를 자신이 드나들 수 있는 연장된 공간으로 여겼을 것이다. 다람쥐는 내가 유리문을 열지 않는 한 낯선 포유류인 인간의 집안으로 들어오지 못할 것이다. 그렇다고 문을 열어줄 수는 없는 노릇이었다. 인간의 집안은 다람쥐에게 얼마나 낯설고 불가해한 곳일까. 경계인 유리문이 갑자기 열리고 인간의 집안으로 들어서는 순간, 그 분열을 견디지 못하고 다람쥐는 미쳐버릴 수도 있을 것이다.

착각에 머물다가 홀연히 깨어나는 것은 행운에 속한다. 착각이라는 단어 속에는 광기에 이르는 '착란 상태'에 대한 예감이 들어 있기 때문이다. 착각은 파탄의 입구이다. 착각이라는 느낌이 드는 순간, 인간의 시간은 무작정 헝클어져버린다. 앞의 일에서 착각이 일어났지만 뒤에 올 일이 착각 상태에서 인간을 해방시키지는 않는다. 더 깊고 깊은 움직이는 늪으로 인간을 끌어들인다. 『헤겔사전』(카토 히타시케, 이신

철 옮김, 도서출판b, 2009)에서는 '정신착란'이라는 단어를 "영혼의 발전 단계에서 필연적인 한 단계, 형식"이라고 한다. 그 사전은 "영혼은 자연적 영혼으로부터 감지하는 영혼을 거쳐 현실적인 영혼으로 전개되지만, 그 과정은 영혼이 스스로 지니는 자연적 직접성, 실체성을 해방시켜 자아가 의식으로 자기를 지배하는 과정이다. 정신착란은 두번째 감지하는 영혼의 단계에서 나타나는 것이지만, 그것은 자유로운 자기의식의 전체성과 그 가운데서 지배되고 유통화되지 않는 자연성, 육체성의 원리와의 모순이 나타난 것이다. 이성적 정신이 자연적 충동과 지하적인 위력에 대한 지배를 상실한 데서 정신착란의 현상이 나타난다"고 우리에게 말해준다. 또한 한 영혼의 가장 이상적이자 완성적인 모습인 현실적인 영혼의 발전을 막는 것이 착란이고, 착란은 지배되고 (혹은 억압되고) 유통화되지 않는 자연성(!), 육체성의 원리가 제대로 관리되지 않을 때 생겨나는 현상이라고 한다. 근대 유럽 철학이 정의하는 '착란'을 읽어보아도 착란에 대한 이해는 그리 밝아지지 않는다. 유럽 철학의 직선적인 영혼

해석법은 철학의 역사에서는 의미 있을지 모르지만 시인에게는 그리 설득력 있게 들리지 않는다. 시인들은 영혼이 모든 시간이 끓고 있는 곤죽이 든 솥이라는 것을 감지하고 있기 때문이다. 그리고 모든 영혼의 지층이 겹겹으로 납작하게 엎드려 있는 상태에서 마그마의 혼돈으로 들어갈 때, 이 착란의 순간은 가장 시적인 순간이다. 시인이 인식하든 아니든 말이다. 시인의 목표는 영혼을 사회적인 삶에 맞게 개발하는 것이 아니다. 인간적인 성숙을 위해서 시가 존재하는 것도 아니다. 시인에게 가장 중요한 것은 자신과 외부의 경계 사이에 생기는 균열이다. 시인에게 무슨 목표가 있을 것인가. 목표가 없는 글쓰기, 유통과 실용성이 배제된 글쓰기야말로 시인들을 이 세기의 전위로 만든다. 목표를 뚜렷하게 세우고 앞으로 나가기만을 열망하는 세계정신 앞에서 시 쓰기는 아무것도 목표하지 않는 그리고 아무것도 계몽하지 않는 상태에서 전위에 이른다고 나는 생각한다.

람페두사라는 이태리의 한 섬이 있다. 이 섬은 유럽의 최남

단에 위치한다. 시칠리아에 속하는 이 섬은 정작 시칠리아에서는 약 이백오 킬로미터가량 떨어져 있지만, 아프리카 북단에 자리잡은 튀니스에서는 약 백삼십 킬로미터가량 떨어져 있으니 유럽보다는 아프리카에 가깝다. 한 장소의 지정학적인 조건이 수많은 이의 삶의 조건을 결정하는 것은 우리에게도 너무나 익숙한 일이다. 이곳 역시 그러하다. 고고학적인 자취를 들여다보면 지금 이탈리아인들이 살고 있는 이 섬에는 그리스·로마·비잔티움·아랍인들이 시간을 두고 번갈아가면서 촌락을 이루고 살았다. 한때 그리스인의 고향은 로마인의 고향으로, 다시 비잔티움인들의 고향에서 아랍인들의 고향으로, 지금은 이태리인들의 고향이 된 셈이다. 그러니 이 지구에는 처음부터 내 조상이 살았던 곳은 없다. 우리는 다만 이동했던, 그리고 이동하는 존재로 이 세계에 살고 있다. 역사 시간에 배운 대로면 우리는 서쪽 어딘가에서 이동해 한반도로 왔다고 한다. 그 서쪽 어딘가, 그곳은 정말 우리의 고향이었을까? 더 먼 서쪽으로부터 그곳으로, 한국인들이 한민족의 조상이라고 믿고 있는 이들은 이동하지 않았을까. 지구는 둥글고 인간은 이동한다. 그리고 한반도로 이동한, 우리가 우리 조상으로 믿는 그분들은 처음에는 이 땅의 난민이었을 것이다.

이 섬을 떠올린 것은 난민들 때문이다. 아프리카에서 배로 바다를 건너 난민들은 온다. 요즘에는 시리아를 탈출한 이들도 있다. 상주인구가 약 오천 명이라는 이 섬에는 2003년에 팔천 명의 난민이 왔고 2004년에는 만삼천 명, 2005년에는 이만여 명의 난민이 도착했다. 배를 타고 오다 바다에서 죽은 난민들은 2004년에서 2013년까지 육천이백여 명에 이른다. 그들은 보다 나은 삶을 찾기 위해 어렵게 구한 돈으로 인신 밀매자들의 배를 타고 바다를 건넌다. 배는 꽉 찰 대로 차서 바다를 무사히 건너는 것이 우선은 큰 문제이다. 막상 람페두사에 도착한다고 한들 그들은 유럽의 입구에서 난민촌으로 들어가야 한다.

바다에는 경계가 없다. 저 너머에는 사람들이 사는 항구 마을이 보인다. 난민들은 이제 무사히 도착했다고 안심하며 저 너머를 향해 손을 흔든다. 그러나 눈에 보이지 않는 경계가 있다. 배는 이 경계를 넘어가지만 사실, 넘어간다는 착각을 할 뿐이다. 무참하게도 투명한 경계. 그것은 어떤 의미에서는 불가능에 가까운 가장 완강한 경계. 그들은 배 위에서 죽음을 넘어왔다. 앉을 수도 없이 서서 이틀 동안 물도 마시지 못한 채, 오직 자신이 살아온 곳에서는 살 수 없으며 저 경계만을 넘으면 살아남을 것이라는 착각을 한 그 많은 사람이 바닷속에 수장당했다. 또한 바다에서 살아남은 사람들의 운명도 그리 밝지만은 않다. 그들이 이 경계를 넘었다고 생각하는 순간 엄청나게 많은 경계가 있다는 것을 곧 알게 된다. 그리고 결국은 난민촌의 담벼락이라는 경계 안에서 떠나온 곳을 떠올릴 것이다. 그들이 이 난민촌을 벗어난다고 해도 역시 경계는 존재한다. 우선 고향의 가난에서 도망쳐나온 이들에게 유럽은 호락호락 일자리를 허용하지 않는다. 유럽에만 가면……이라는 희망은 무참하게 무너지고 그들은 유럽 도시 이곳저곳에서 이곳에도 저곳에도 속하지 않은 채 천막을 치고 살게 된다. 그것도 운이 좋으면 말이다.

이런 경계는 어떤가. 하이네를 앞의 글에서 언급했으니 그
의 시 한 편을 같이 읽어보아도 좋을 것이다.

내 가슴 내 가슴은 슬퍼라,

그러나 오월은 즐겁게 빛나네.

나는 보리수나무에 기대어,

오래된 성루 위에 높이 서 있다.

그 밑으로는 조용한 휴식 속에

파란 도시의 개천이 흐르네.

아이는 작은 배를 타고 간다.

그리고 낚시를 하고 더해서 휘파람을 부네.

저 너머에서 친근하게,

아주 작고도 알록달록한 형상 속에

별장들 그리고 정원들 그리고 사람들,

그리고 소들 그리고 풀밭 그리고 숲.

하녀들은 빨래를 희게 하고,

풀밭 속에 이리저리 뛰네.

물레바퀴는 다이아몬드를 흩뿌리네.

나는 듣는다 먼 중얼거림을.

오래된 회색의 탑 옆에

작은 초소는 서 있고

붉은 치마를 입은 젊은이는

그곳에서 위로 아래로 걷는다.

그는 소총놀이를 하네.

태양의 붉음 속에서 번쩍이는 소총,

그는 받들어총을 하고 어깨에 메네……

나는, 그가 나를 쏘아 죽였음, 했네.

이 시는 「귀향」이라고 제목이 달린 연시의 일부이다. 처음 이 시를 읽으면서 숨이 막히는 줄 알았다. 반전 때문이다. 오랜만에 돌아온 고향, 시인은 평화스러운 고향의 풍경을 성루 위에서 내려다본다. 오월의 도시는 조용하고 잔잔하고 한없이 평화롭다. 그리고 초소, 소총을 든 젊은이. 그는 소초를 지키며 오월의 태양 아래에서 총으로 장난을 칠 뿐이다. 그 광경을 내려다보던 시인은 돌연 그가 나를 쏘아 죽였으면 한다. 물론 시의 맨 앞에 놓인 "내 가슴 내 가슴은 슬퍼라"라는 것이 사살되기를 열망하는 마음을 암시할 수도 있다. 하지만 마지막 행은 너무나 돌발적이다. 슬픈 가슴과 사살에의 열망 사이에는 길게 이어지는 평화스러운 도시의 풍경이 있을 뿐이다. 도대체 그는 고향의 풍경에서 무엇을 보았는가.

바깥의 풍경은 바깥의 풍경일 뿐이다. 그 풍경을 바라보는 나는 이 풍경이 여느 풍경이 아니라 내 고향의 풍경이라는 데 매여 있다. 다시 돌아가서 삶을 처음 이 지상으로 왔을 때처럼 시작할 수 없으리라는 회한이 풍경을 바라보는 눈에는 들어 있다. 고향은 아늑한 곳이 아니다. 고향은 마냥 불편한 곳이다. 고향을 떠나온 많은 이에게 고향은 잃어버린 파라다이스가 아니다. 고향은 고향을 떠나서 살 수밖에 없는 현재 조건의 기원지이기도 하다. 또한 떠났다가 돌아온 자에게 고향의 풍경은 낯설기 그지없다. 그곳에서 살고 있는 사람이라고 낯섦에서 자유로울 수 있을까. 팽목항으로 달려가는 버스 안에서 많은 문우는 내 고향/나라가 나를 총으로 사살할 거라는 끔찍한 트라우마가 버스 뒤로 자신을 쫓아오는 상상을 할는지도 모른다.

이 시는 하이네 탄생 100주년을 맞이하여 아도르노가 「하이네라는 상처」라는 에세이를 쓰면서 인용한 시이기도 하다. 아도르노는 이 시를 '의도적으로 (지은) 유사 민요에서 위대한 시가 되기까지 백년이 걸렸다. 이것은 희생자의 비전이다'라고 해석한다. 아도르노의 에세이 속에는 하이네에 대한 불만이 가득차 있다. 아도르노는 하이네의 시들이 포에지 시장화의 선두에 섰던 것을 강력하게 비판한다. 보들

레르가 현대의 자본주의에 강력하게 저항을 한 것과는 달리, 하이네는 저항 없이 그 물결에 휩쓸렸다고 주장한다. 그것이 그가 말하는 첫번째 '하이네라는 상처'이다. 두번째 상처는 하이네를 추방한 독일이다. 하이네는 유대인이었고, 독일에서 입지를 얻기 위해 기독교인이 되었으며, 망명을 했고, 그의 글들은 조국에서 금지당했다. 그의 고향인 뒤셀도르프는 아주 오랫동안 하이네를 추억하는 것을 주저했다. 독일이 일으킨 이차 대전의 거대한 비극 가운데 하나는 모두를 실향민으로 만든 것이라고 아도르노는 말한다.

하지만 한 인간의 생은 아주 다른 역사적인 맥락에서 살고 있는, 그래서 자신의 시간 안경으로 지나간 시간을 들여다보는 다른 인간이 간단명료하게 정의할 수 있을 만큼 호락호락하지 않다. 하이네를 역사적 맥락에서 해석한 아도르노가 딱히 틀렸다고는 할 수 없지만 어떤 의미에서 그건 아도르노의 착각이다. 그 역시 이차 대전 이후라는 역사적 맥락에 들어 있었다. "아우슈비츠 이후로 시를 쓰는 것은 야만적이다"라는 진술 역시 그의 착각이었다. 파울 첼란은 아우슈비츠 이후, 아주 끔찍하고도 아름다운 시들 가운데 하나인 「죽음의 푸가」를 썼다. 거대한 역사의 기류에 떠밀리던 한 인간의 삶과 문학이 미래의 타인에게 해석될 때, 미래의 타인은 자주 오독을 한다. 시인의 삶이든 그 누구의 삶이든 〈인간극장〉 같은 다큐멘터리의 범주에서 해석되지 않는다. 문학을 이해한다고 '착각'하는 무수한 눈에는 한 시인이 어떤 삶을 살았는지에 대한 호기심으로 위장된 저속한 흑백논리에 근거한 도덕적인 판단이 숨어 있다. 무수한 문학평론가가 아도르노의 권위에 기대어 하이네를 읽기도 전에 그를 단죄하는 걸 보면서 그건 하이네라는 상처가 아니라 하이네, 라는 한 시인의 후대를 살면서 엄청난 비극을 겪은 이십 세기의 상처라고 나는 생각했다. 그리고 낭만이라는 지난한 착각 앞에서 쉽게 이성의 품을 찾았던 이들에게 나는 그들의 지난밤 꿈을 상기시키고 싶었다. 지난밤의 꿈은 우리가 낮 동안 입을 닫았던 농경의 곡진한 눈물일 수도 있다. 그건 우리들이 통제할 수 있는 현상이 아니다. 다만 우리가 인간이기에 감수해야 하는 조건의 영역 속에 있다. 그리고 궁극적으로 하이네라는 상처를 치유하는 것은 시의 외부에 있지 않다. 다만 그의 시와 그의 시들을 읽는 순간만이 그 상처를 치유한다. 바로 귀향하면서 쓴 이 시. 고향의 입구를 지키는 초소의 젊은 이가 소총으로 자신을 쏘아 죽였으면, 하고 바라는 시. 백여 년이나 지났는데도 하이네의 트라우마를 우리는 생생한 현실로 체험한다.

착각은 낭만주의 작가들의 강렬한 무기였지만, 또한 착각을 인식하며 자신을 조소하는 것은 낭만주의를 해체하는 과정에서 얻어진 어떤 결과물이었다. 그 대표적인 예가 하이네이다. 하이네의 어떤 시들은 착각이 문학의 충실한 벗이라는 것을 보여준다. 하이네는 시 「꿈의 그림들」에서 "꿈들은 오래전에 바래지고 사라져갔네 / 내 사랑하는 꿈 그림도 아주 사라져갔네! / 나에게 남은 것은 다만, 내가 언젠가 어떤 시구에 타오름처럼 거칠게 쏟아부었던 그 무엇. // 너는 머무네, 고아가 된 노래여! 지금 너 또한 가거라, / 그리고 찾아라 이미 오래전에 나를 떠난 꿈 그림을,/그리고 나에게 소식을 전하렴, 네가 발견한다면…… 가벼운 그늘에게 나는 가벼운 입김을 보내네"라고 말한다. 그리고 그의 꿈 그림들을 노래한다. 그가 노래한 꿈들은 악몽들이다. 그의 "고아가 된 노래"가 발견했던(아니면 발견했다고 착각했던) 꿈속에는, 예를 들면 시인이 즐겁게 지내리라 들어간 아름다운 정원이 있고 정원의 우물 곁에서 빨래를 하는 예쁜 여인이 있다. 여인은 "그렇게 낯설고도 그렇게 친숙했"다. 그녀에게로 다가가 그는 물었다. 누구를 위해서 빨래를 하느냐고. 여인은 빠르게 대답한다. "곧 준비해요/나는 그대의 수의를 빨고 있다오!" 그녀가 말을 끝내자마자 전체 꿈 그림은 마치 거품처럼 흘러내렸다고 시인은 말한다. 아름다움을 가장한 죽음, 아니 시인이 아름다움으로 착각한 죽음은 언제나 그의 가까이에 있었다. 둘이 공존하는 공간에 대한 극단적인 경험은 시인의 원경험이기도 하다. 경계에 대한 원경험. 착각에서 착란으로 넘어가면서 시가 쓰이던 시 역사의 그 수많은 순간. 무섭고도 아득하며 웃을 수도 울 수도 없는 시의 순간들.

3

—

미스터 크로우와
오디세이의 착각

.
.
.

별이 되기를 꿈꾸는 시는 많다. 그러나 별의 시체를 제
몸안에서 발견하는 시는 드물다.*

독일의 겨울은 태양이 있는 시간이 아주 짧다. 불면에 시
달리다가 새벽녘에야 잠이 들어 느지막하게 일어나는 날이
면 이미 태양은 서편으로 가버리고 없다. 태양은 길게 자리
를 비웠다가 짧게 돌아와서는 다시 가버리고 그 자리에는 차

---

*김진석,「세상의 착란 속에서 부드러운 착란을 노래하기」(강정,『귀신』, 문학동네, 2014.)

가운 어둠만이 고스란히 남아 있다. 독일에 와서 겨울을 났던 첫해에 나는 태양 없이 긴 나날을 보낸다는 착각을 했었다. 천성이 어두운 것을 좋아해서 그리 큰 어려움은 없었다. 드문드문 짧게 찾아오는 태양의 순간이 되려 무참하게 여겨지기도 했다. 갑자기 알몸으로 대로에 서 있다는 착각 때문인지 나는 겨울이면 이상하게도 지독한 불면에 시달렸다. 그 긴 겨울의 어둠 속에서 불면에 시달리다가 어느 날 이런 문장을 읽었을 때,

언젠가 내 속에서 모든 예술이 하나가 되어 내가 천재적인 일필에 이른다면 나는 잠에 대한 칭송을 쓸 것이다. 나는 삶에서 잠을 잘 수 있는 것보다 더 큰 쾌락을 알지 못한다. 삶과 영혼으로부터 완전히 꺼져버림, 모든 존재와 인간으로부터 완전히 벗어남, 회상도 착각도 없는 밤, 어떤 과거도 아직 미래를 가지지 못함,

—페소아,『불안의 서』부분

잠들지 못하는 나날이 존재를 완전히 지배하는 것은 아닌가 하는 생각도 했다. 페소아는 태양의 아들이었다. 리스본에서 태어났으며 남아프리카에서 소년 시절을 보냈고 다시 리스본에 돌아와서 일생을 보냈다. 그 태양의 나날이 많은 곳에서 평생을 지낸 사람이 겪는 불면은 태양의 나날이 적은 곳에서 겪는 불면과는 색깔이 다를 것 같다는 생각을 했다. 여름에 중동 지방에서 발굴을 하는 동안 내 몸은 언제나 깨어 있었다. 새벽에 나가서 발굴을 해야 한다는 중압감도 중압감이지만 태양 밑에서 그렇게 달라 보이던 색깔들, 바람의 느낌들, 물을 마실 때의 감각, 점심으로 빵에 얹어 먹을 정어리 통조림을 열 때 태양 밑에서 휘발하듯 사라져버리는 비린내, 짜디짠 베두인들의 치즈에 박혀 있던 검정깨가 태양 아래에서는 개미처럼 보이던 착시 등등이 불면을 데리고 왔다. 몸은 이 낯선 감각들과 싸우느라 쉴 틈이 없었던 것이다. 그곳에서의 불면은 하얀빛을 가지고 있었는데 독일에서의 불면은 검은빛을 가지고 있었다. 불면의 겨울밤에 강정이 쓴 시 「미스터 크로우」를 읽었다.

그는 태양과 싸우는 고아다. 태양과 싸우는 거사를 지탱해낼 미스터들에게 족보란 어마어마한 걸림돌이다. 강정의 시는 어떤 의미에서는 고아의 시였고, 한국 시의 족보에는 들어 있되 태어나면서부터 부모를 잃은 시였다. 하긴 많은 좋은 시는 고아의 시다. 아버지 없는 시들이 시 역사를 처참하게, 혹은 아름답게 만든 예를 우리는 기억한다. 시라는 것은 어쩌면 마음의 혁명을 조용히, 온전하게 치러내는 일일지도 모른다. 강정이 치르고 있는 마음의 혁명은 족보 없는 고아인 미스터 크로우의 의미 없는 싸움이다. 그가 이 싸움을 싸움으로 명명하니 나도 그렇게 쓸 뿐이다. 태양과의 싸움은 시시포스의 고행을 연상시킨다. 오늘이 끝나면 고행은 어떤 대가 없이 제자리로 돌아오고 내일이 오면 어제의 자리에서 고행은 또 시작된다. 그런데 이것은 싸움인가? 아니면 미스터 크로우는 싸운다는 착각 속에 있는가?

나는 태양과 싸우는 고아
봄의 목전부터 벌써 가을 저녁 빛이 그립다

타오르기도 전에 꺼져가는

핏빛 난리의 뒤편을 보고 싶은 것이다

육식하는 새들이 오래 쪼다가

한 됫박 엎질러놓은 사람의 내장으로

천지를 다시 발라보고 싶은 거다

뚝뚝 제 몸을 쪼개 강물 위에 써놓은

볕의 마른자리에서

흙속에 묻힌 아이의 유골을 파헤치며

처녀의 눈물로 사라진

여름의 자궁을 헤집고 싶어라*

　그가 태양과 싸우는 이유는 질서를 깨고 싶은 욕망에서 비롯되는 것 같다. "타오르기도 전에 꺼져가는" 것이 보고 싶고, 죽은 자의 내장으로 "천지를 다시 발라보고" 싶고 "여름의 자궁을 헤집고" 싶어한다. 이것은 반질서에 대한 열망이

*강정, 「미스터 크로우」, 『귀신』, 문학동네, 2014.

다. 태양이 세워놓은 완벽한 질서를 한바탕 헤집어보고 싶은, 질서가 무너진 그 자리에 생겨나는 시간과 공간의 카오스를 열망한다. 지금까지 보아오던 세계는 역전된 이미지로 개편된다. 뒤의 연에 나오는 "오래전 무너져내린 집들에/산 사람들이 들락거리고/일몰 너머에 파묻혀/몰래 연기만 피우던 아이들이/별안간 노인이 되어/속곳까지 뽑아내는 장탄식을 연발하다 죽는" 이 이미지들은 미스터 크로우가 태양과 싸우고 얻을 거라고 믿는 전리품이다.

그는 무엇으로 싸우는가? 미스터 크로우의 무기는 '검무'다. "칼에 의한 상처와/칼로 인한 슬픔을 자각하지 않는 것/스스로 칼이 되어/둥글게 굽어지는 것"이라고 그는 검무를 정의한다. 무기에 의해서 생겨난 상처와 슬픔을 자각하지 않고 스스로 칼이 되는 것이 그의 검무의 정신이다. 그런데 태양은? 태양은 미스터 크로우가 자신에 대항/저항해서 싸우고 있다는 걸 알기나 할까? 태양은 싸움은커녕 미스터 크로우가 누구인지도 모를 것이다. 더구나 지구라는 행성에는 인간이라는 포유류가 있고 저토록 자연을 망쳐가며 지구에서 주인 행세를 하고 있다는 것도 태양은 모를 것이다. 앎에 대한 의지는 태양의 몫이 아니다. 그것은 다만 인간의 몫이다.

너무 큰 소리는 듣지 못한다. 지구라는 거대한 것이 움직이는 소리를 듣지 못하는 것은 인간이라는 생물의 조건이다. 지구가 움직이는 소리조차 듣지 못하는 미스터, 라고 불리니 사내라고 짐작되는 한 인간이 태양과 싸운다. 아니면 이 미스터는 인간의 수컷이 아니라 이 세계에 존재한다는 짐작하지 못할 정신 혹은 귀신인가? 그래서 시집의 제목도 『귀신』인가? 강정은 원래부터 이기지 못할 싸움을 하는 데 천재적인 기질이 있었다. '별의 시체'를 파먹기를 주저하지 않았던 시인이 치러내는 이 우스꽝스러운 싸움의 기록,「미스터 크로우」. 다른 것도 아니고 태양과 싸우다니. 이 싸움은 이기려고 하는 싸움이 아니다. 존재하려고 하는 싸움의 기록이다. 그러니 이 시는 싸움이 아니라 싸우고 있다는 착각의 시이며 착각들이 만들어내는 역질서의 이미지들이 '영원한 청년의 어둠'처럼 처연하고도 낭자하다.

　태양과 싸우는 그가 선택한 무기인 검무는 카프카의 작은 이야기 속에 등장하는 오디세이가 사이렌에 대항하기 위하여 생각해낸 무기와 흡사하면서도 다르다. 「사이렌의 침묵」 이라는 이야기에서 카프카는 오디세이와 사이렌의 대결을 우스꽝스럽게 그려낸다. 오디세이는 사이렌의 노래로부터 자신을 건져내기 위하여 두 가지, 카프카를 인용한다면 "천 진한 방법"을 생각해낸다. 귀를 왁스로 막고 철 사슬로 돛대 에다 제 몸을 묶는 것. 그 무기만을 철석같이 믿고 오디세이 는 제 고안에 스스로 열광한 아이처럼 사이렌을 향하여 간 다. 오디세이의 무기는 청력을 막고 유혹에는 언제나 먼저 나서 판을 망쳐버리는 몸이라는 것을 묶어버리는 것이다. 미 스터 크로우의 검무나 오디세이의 왁스와 철 사슬은 대항할 수 없는 것에 대항하기 위하여 고안된 참으로 약한 무기이 다. 그 천진함에 있어서 둘은 흡사하다. 하지만 오디세이가 '막고' '묶어버리는' 무기를 생각해냈다면 미스터 크로우는

'풀고' '둥글게 굽어지는' 무기를 선택한다. 오디세이의 무기가 적과 자신 사이에 벽을 두었다면 미스터 크로우는 벽을 허무는 무기를 택한다.

　그런데 반전이 일어난다. 카프카는 사이렌의 가장 강력한 무기는 노래가 아니라 침묵이었다고 말한다. 노래는 사이렌의 끔찍한 무기이다. 많은 뱃사람은 노래에 끌려서 죽음 속으로 저 스스로를 몰고 갔다. 노래보다 더 강력한 사이렌의 무기는 그런데 침묵이다. 표정 하나 바꾸지 않고 갑자기 노래를 멈추는 것. 그런데 오디세이는? 귀를 왁스로 막은 오디세이는 사이렌의 노래를 듣지 못할 뿐 아니라 침묵마저 알아채지 못한다. 그는 사이렌이 노래를 하는데도 자신의 귀에 쑤셔박아놓은 왁스가 노래를 듣지 못하게 한다고 생각한다. 오디세이의 착각과는 달리 사이렌들은 침묵했고 침묵하면서 오디세이를 보낸다. 오디세이는 이긴 것이 아니다. 사이렌의 무기를 알아볼 수 없었던 인간이었을 뿐이다. 노래를 하지 않는데도 노래하는 것처럼 보이는 사이렌들은 절세가

수였음이 틀림없지만 사이렌이 언제나 노래로 인간을 유혹하는 존재라고 믿어왔던 오디세이는 그들의 침묵마저 노래로 착각했다.

믿음이 가져온 착각. 언제나 그랬기에 앞으로도 그럴 거라는 가정이 가져온 착각.

강정의 미스터 크로우는 이 믿음과 가정을 파괴하려는 시다. 태양과 싸운다, 라고 그는 말하지만 사실 미스터 크로우가 싸우고 있는 것은 태양을 중심으로 세워진 일상이다. 태양이 있는 시간을 태양 너머의 시간으로 바꾸고 싶은 열망. 시에 나오는 대로 "태양빛에 가려져 있던/죽음과 재생의 필름들 속에서/돌멩이 하나의 기원이/우주의 모든 페이지를 펄럭거리게 할 수도 있"게 하고 싶은 것이다.

그런 미스터 크로우는 슬픈 자이다. "천지를 베어내는 슬픔으로/스스로 목을 찢어/빛에 눈먼 모든 아이의 엄마를 불러"내고 싶은 미스터 크로우. 싸움의 끝에 그는 "열기가 식은 자리에 떠 빛의 허물"로 식사를 한다. 빛의 허물까지 다 집어먹어야 완벽한 태양 너머의 시간이 올 것이므로.

그런데 크로우씨, 내일은 또 검무를 추어야 할까요? 내일이면 태양이 또 올 텐데요.

질서를 세우는 독재자인 태양은 지구의 자연을 만들어준 은인이기도 하다. 빛이 들어오지 못하는 심해에서 살아가는 무수한 생물조차 태양의 자식이다. 질서 속에서 태어나고 살다가 죽을 우리 모두는 태양의 자식이다. 미스터 크로우는 고아라고 스스로 말하지만 그 역시 태양의 자식이다. 태양은 성이 없는 모태다. 여성도 남성도 아닌 무성의 모태. 미스터 크로우가 싸움의 대상으로 삼고 있는 것은 어쩌면 태양이 아닐지도 모른다. 그의 싸움은 태양의 질서를 인간의 질서로 만들어버린 인간을 향한 싸움이다. 밝음을 앞세워 어두운 그늘을 시든 시금치 이파리처럼 솎아내어버리려는 이들을 향해 거는 싸움이다. 그들은 자궁의 어둠에서 나온 우리의 시원조차 지워버리려고 한다. 밝지 않은 모든 것을 추방하려는 그들을 향하여 미스터 크로우는 한바탕 검무를 치러내어야 하지 않을까. 이것은 내 착각, 그것도 어두운 독일의 밤을 불면으로 보내는 내 착각일 것이다. 아니면 '별이 되기를' 바라는 삼류 시인이 '별의 시체를 파먹는 것'이 두려워하는 변명일지도 모른다.

덧붙임 : 태양은 시를 읽을 수 없는 문맹이다. 태양을 문맹 상태에서 벗어나게 하기 위해 교육을 할 수 있는 인간은 이 세계에는 없다. 참으로 다행한 일.

4
—

오래된 푸른 줄의 원고지,
혹은 딸기 넝쿨에 대한 착각

．
．
．

　제사는 죽은 자가 산 자를 방문하는 것을 가정 혹은 착각하려는 예의를 갖춘 시간이다. 준비된 착각의 시간, 이것이 제사이다.

　죽은 자를 위하여 식구들이 모이고, 제수를 장만하며 몸을 정결히 하고, 정갈한 옷을 입고 산 자를 방문하는 죽은 자를 대접한다. 죽은 자가 돌아올 거라고 믿는 이는 없을 것이다. 돌아와서 마련된 음식을 먹고 술을 마시고는 다시 어디론가로 가는 죽은 자도 없을 것이다. 모두 알고 있는 것, 하지만 인식의 세계에 대한 불신은 인식 이전의 세계만큼 강렬하다. 우리는 수백 년 동안 제사를 지냈다. 오지 않을 손님을 위하여 그 손님과 혈족으로 묶여 있는 이들은 제사를 준비했다. 무얼까, 이것은. 다들 귀신이라는 건 없다는 걸 알고 있는데도 지내는 의식. 집단적인 착각을 인식하면서도 착각하는 그 무엇.

집에서 조상을 모시는 제사를 지낸다는 전통을 참 신기해하던 독일 친구가 떠오른다. 그는 이혼한 부모를 두었다. 아버지가 법적으로 정해진 생활비를 주지 않자 그는 아버지를 고소했다. 그는 나에게 물었다. 내가 한국 사람이라면 어땠을까? 내 아버지가 이 지상을 떠나면 나도 제사를 올려야 할까, 돈 때문에 법정 싸움까지 한 아버지를 위해서? 우리가 제사를 기억을 위한 의례로 가정할 때 가끔 나는 그 친구를 떠올린다. 그는 인류의 먼 기억을 찾기 위해 이 세계의 어떤 오지도 마다하지 않고 발굴을 떠나곤 하던 고고학자였다. 인류의 먼 기억은 멀어서 이미 학문 안으로 들어와 있으므로 그것을 찾는 일은 안전하나, 자신의 가장 가까운 기억을 끄집어내는 것은 위험하며 스스로에게 상처를 입힌다는 생각을 하기도 한다. 즉, 자신의 사적인 기억은 그 누구에게도 학문의 영역이 아닌 것이다. 폐허에 남겨진 타인들의 기억을 찾아 기록하면서 그 친구는 아버지를 위한 제사의 불가능함은 왜인지에 대해 생각해본 적이 있었을까?

독일인 친구의 질문을 받으며 나는 우리집 제사가 떠올랐다. 내 아버지는 제사가 불편한 분이었다. 아버지는 서자였다. 나는 아버지에게서 큰집에 제사를 모시러 갈 때 가장 마지막 열에 서서 절마저 하지 못하게 했다는 이야기를 들은 적이 있다. 제사를 지내는 것은 아버지에게는 큰 곤욕이었고 상처였다. 어떤 이들에게는 가문의 영광을 지키는 입구인 큰집이 아버지에게는 상처의 모태였다. 그래서인지 한국전쟁이 일어났을 때 그는 징집을 피해서 도망갔다. 국가라는 것이 아버지에게는 조상에게 절조차 하지 못하게 하던 큰집이 아니었을까, 하는 생각을 한 적이 있었다. 나는 한 번도 큰집에 가본 적이 없다. 김해 어디라는데 나는 그곳을 언제나 피해 다녔다. 그래서 큰집은 나에게 영원히 이미지로만 남았다. 큰집에서의 제사……라는 것도.

내 할아버지는 기일에 두 번 제사상을 받았다. 큰집에서 지내는 제사와 서자인 아버지가 지내던 정통성 없는 사적인 제사. 절조차 할 수 없었던 아버지는 어느 해, 기어이 큰집에 따로 제사를 지내겠다고 통고했다. 큰집에서는 들은 기척도 내지 않았다. 서자의 울분은 큰집의 것이 아니라 서자의 것이었으므로. 기일에 더이상 서자가 오지 않으니 좋기도 했을 것이다. 그들에게도 서자는 상처였을 수 있으므로. 할아버지는 그러니 김해와 진주를 오가며 제사상을 받았을 터이다. 다른 귀신들의 부러움을 받으며 거나한 상을 두 번이나 받았을 것이다. 아니, 그는 소멸된 한 인간으로 아무데도 들르지 못했을 것이다.

그렇게 우리집에서도 제사를 지내게 되었다. 언제나 늦게

귀가하던 아버지는 그날만은 일찍 돌아와서 스테인리스 통에다 물을 받아서는 밤을 불려 작은 과도로 껍질을 깎았다. 칼질을 하느라 아버지의 야위고도 좁은 어깨가 조금씩 움직이는 것을 나는 그림자로 확인할 수 있었다. 그림자는 어떤 울분의 선을 가지고 있는 듯했다. 가다가 멈추고 다시 가다가 멈추고 그러다가 짜부러져버리는 울분의 선. 삶의 모든 진동은 그곳에서 나오는 것 같았다. 왜 사람들이 '가슴이 저리다'라는 표현을 하는지 어렴풋이 이해가 되었다. 저림이라는 불안하고도 영속되는 진동의 이미지.

사상. 죽은 자가 돌아오는 시간이 되고 집안은 고요해졌다. 제수로 놓인 과일들. 죽은 이에게 봉양되는 과일들은 죽은 행성처럼 보였다. 누런 배는 더이상 움직이지 못하는 달로, 붉은 사과는 이미 모든 불을 잃어버린 얼음의 태양으로. 그 곁에는 죽은 짐승들과 풀들도 있었다. 죽은 짐승을 마늘로 재우지 못해 하냥 냄새를 풍긴다. (마늘. 수메르 시대의 기록에도 나오는 그 향신료. 마늘은 상당히 정치적인 상징을 지니기도 한다. 유대인과 마늘, 드라큘라와 마늘, 한국인과 마늘.)
생선은 눈을 뜨고 넓적하게 말라가고 있었다. 아무리 좋은
채소를 사용해도 제사상에 올라온 채소들은 차마 입안으로
넣을 것이 아닌 듯 시들거렸다. 불편한 침묵이 흘렀고 밤은
깊어졌고 음복이 끝났다. 그러자 갑자기 집안은 들썩거렸
다. 우리집은 그 들썩거림이 다른 집보다 더했다고 나는 쓸
수 있다. 정통성이 없는 제사를 지낸 서자의 집안, 그 식구들
은 주막에 도착해서 무거운 짐을 벗고 첫 막걸리잔을 청하는
먼길 걸은 보부상의 피곤함과 안도감으로 말했다.

  얼른 밥, 먹자…… 김해에서 진주까지 먼길을 걸었을 귀
신의 심정은 헤아리지도 않고 모두 서둘렀다. 마치 도둑 제
사를 지낸 것처럼. 하긴 도둑제사였을 것이다. 그래서 훔친
물건을 숨기듯 나물도, 밥도, 술도, 버려진 행성이었던 과일
들도, 바다의 비린 것들도 다 비벼서는 재빨리 위장에 제수
를 숨기려고 했을 것이다.

어떤 이는 낡은 카메라로 말라가던 나물의 구석구석을 살폈다. 어떤 이는 밤의 어둠이 깊은 안개를 몰고 오는지 살피느라 망원경이 되었다. 어떤 이는 모든 감각을 뒤로한 채 그야말로 초감각인이 되어 이 모든 혼돈을 받아들였다.

하지만 비벼진 한 그릇의 밥그릇을 받고 식구들은 아무 말도 하지 않았다. 찬 비빔밥을 드시지 못하던 아버지는 밥과 나물에다 탕국을 넣은 솥을 꼭 연탄불에 데워오라 했다. (나는 그 귀찮음이 여자들의 차지인 것이 미웠다. 언젠가 나는 아버지에게 "아버지, 직접 하세요"라고 대꾸했다가 며칠 동안 구석에서 지낸 적이 있다. 서자여서 울분에 가득찬 아버지는 여자라서 제사에 절조차 못하는 여자들의 울분은 잘 몰랐다.) 어쨌건 아버지의 아내인 어머니가 비벼온 밥 앞에서 아직도 제사라는 의식이 머리에 남아 있던 식구들은 조용히 밥을 넘겼다. 밤은 깊었고, 밥도 깊었다. 무르게 익힌 나물들을 넣고 비빈 밥을 이로 씹으면서 소리를 내는 이는 아무도 없었다. 귀신이 먹기에 편하도록 질긴 부위를 잘라내고 편을 뜬 고기는 소리 죽여 씹기에 알맞았다. 그건 조금은 슬픈 일이었다. 이 사이에서 짐승의 근육이 소리 없이 씹혀 위장으로 넘어갈 때 나는 어떤 의미에서 제사는 시끄러운 이생을 지나 소리 없는 저생으로 들어가는 길 위에 있는 것처럼 느껴졌다. 그러나 이 길에도 인간의 울분은 뒤따라왔다, 마치 독재자의 첩보원처럼, 지워도 지워도 남아 있는 어떤 원한처럼.

아버지는 큰집에서 본 안개 이야기를 단 한 번 들려준 적이 있다. 다른 형제들은 그 이야기를 기억하는지 모르겠지만 나는 불면의 밤에 꼭 그 안개를 본다.

제사상. 그 앞에 서 있는 정장의 남자들. 아버지는 맨 뒷줄에 서서 남자들의 머리를 바라보았다. 맨 앞줄의 남자들은 모자, 같은(아마도 갓이 아니었을까?) 것을 썼는데 아버지의 앞줄에 선 남자들은 맨머리였다. 맨머리는 안개에 젖어서 끈적거렸고 그것은 뱀 똬리를 닮아 있었다고 내 아버지는 말했다. 아무리, 그럴 리가. 내 잔망궂은 말에 아버지는 눈을 똑바로 뜨고는 나를 바라보았다. 그러고는 말했다. "고사리나물은 제사상에 올리는 거 아니다. 귀신이 보면 고사리나물이 꼭 개발처럼 보인다더라. 그러니 배다른 형제들 머리가 뱀 똬리로 보이는 게 무슨 큰일이겠냐."

하긴 착각이 진실의 그림자이기도 하니까. 숨겨두었던 모든 무의식이 이미지로 환원되는 그 순간! 증오는 증오의 그림을 온전하게 그리고, 사랑은 사랑의 그림 또한 온전하게 그린다. 나는 아버지가 앞줄에 선 남자들의 머리에서 뱀 똬리를 본 것을 믿는다. (믿는다는 것은 착각을 사랑한다는 말에 다름아니다.) 그 순간, 절을 하는 것조차 거절당한 의식의 맨 뒷줄에 선 젊은 남자가 볼 수 있는 것은 무엇인가? 그것은 자신을 무시하고 경멸하는 체제이다. 아버지는 징집을 피했고 기피병이 되어 전쟁 후에 오랫동안 어떤 직업을 가지지도 못했다. 그 대가로 내가 얻은 것은 어린 시절의 쓰라린 가난이었다. 내가 태어났을 때 아버지는 복권 혹은 사면이 되었으나 그가 집을 비울 수밖에 없었던 시간은 너무나 커서 단방에

물질적인 소외를 없애고 식구들에게 안락을 줄 수는 없었다.
게다가 아버지는 식구에는 아무 관심이 없는 극작가였다.

아버지가 가시고 난 뒤 유물을 챙기다가 바래진 푸른 줄이
박힌 원고지에서 나는 이런 글을 읽었다.

　　─(남자) 등대를 보시나요?

　　─(여자) 불빛이 외롭습니다.

　　─(남자, 먼 곳에 시선을 주며) 그만 죽었으면 합니다,

　　　그대와.

위에 적은 글이 정확하게 아버지의 글이었는지 나는 모르
겠다. 대충 뜻만, 적었다. 이 글을 읽고 내가 놀란 것은 글 밑
에 적힌 날짜 때문이었다. 1964년 8월 10일. 내가 태어난 지
두 달 남짓한 시기. 내 아버지는 '그만 죽었으면 한다'라는
문장을 적었다. 아마도 내 탄생은 아버지가 쓴 극본과는 아
무 상관도 없을 터이지만 오랫동안 나는 그 문장의 날짜와

양력 생일의 날짜를 기억했다. 내가 태어날 무렵, 아버지에게 다른 이가 있었다는 것을 친척 가운데 누군가에게 들어서 그랬는지도 모르겠다. 아버지는 그 무렵, 정말 그런 생각을 했을까? 내 탄생은 아버지에게 얼마나 부담이었을까? 극본에 쓰인 그 문장은 아버지의 진정이었을까, 아니면 연극, 주인공의 심정이었을까? 문학이라는 것을 하면서도 작가와 작품이 어떤 일정한 거리가 있다는 것을 나는 잊고 있는가, 아니면 작가와 작품에는 정말 거리가 있는가? 있다면 얼마나 멀어서 서로가 서로의 얼굴을 똑바로 들여다볼 수 있는가? 물음 위의 물음들.

어머니는 내가 태어났던 계절의 열매는 밭딸기라고 했다. 독일로 와서 마당이 있는 집에 살면서 딸기를 심은 적이 있다. 하얀 꽃이 피고 떨어질 즈음 딸기의 멍울은 달렸다. 하얀, 아직 붉음을 입지 못한 어린 열매는 단단하게 성나 있었다. 그 흰 멍울을 따다 입에 넣으면 쓴 비린 신 몸이 쑥, 위장으로 들어왔다. 딸기의 여린 몽울은 인간의 위에서 쓴맛으로 위장을 괴롭혔다. 쓴 신맛은 적어도 나에게는 이 계절을 여는 자연의 첫 타격이었다. 쓴맛은 겨울이 지나고 난 뒤에도 여전히 세계를 장악하는 계절에 대한 무언의 항의였다.

딸기가 어린 몸에 영과 빛을 받고 영글어졌을 때 나는 그 옆에서 향기를 맡았다. 누군가가 돌아오는 그 향기. 누군가가 이 어린 계절을 뒤로하고 떠나는 향기. 나는 태어났는데 내 아버지는 죽고 싶었다는 그 계절이 딸기가 익는 계절이라는 것을 생각하면서 딸기 넝쿨을 보았을 때, 유물에 들어 있던 푸른 원고지 줄이 떠올랐다. 넙적한 잎 사이에서 넝쿨 줄은 바래진 원고지의 줄처럼 눈앞에 보이다가도 흔적을 지우며 사라질 것 같았다. 그 시간은 제사의 시간이었다. 소멸된 자는 영영 돌아오지 않고 남은 자가 자신을 낳아준 아버지를 추념하는 시간이었다. 딸기 넝쿨에서 오래된 원고지의 푸른 줄을 떠올린다. 쓴다, 라는 것은 이렇게 쓰리며, 달그도, 어련하다. 그리고 어린 넝쿨 줄에 엮어진 인간의 일이다. 누가 나를 낳아주었든 내가 낳아준 이들을 생각하는 것은 인간의 역사에서는 아주 작은 일화일 것이다. 나는 딸기 넝쿨의 속잎을 기억한다. 바래진 원고지의 푸른 줄 같은 여름 입구의 선들. 이건 포유류인 나의 착각. 이 여름, 이 착각이 나를 아리게 살게 할 것이니 좋은 일, 아닌가?

5

—

장소도
떠날 수 있다

·
·
·

얼마 전 꿈을 꾸다가 한밤중에 깨어났다. 꿈에서 어느 폐
허 도시를 보았고 요란한 폭발음을 듣다가 잠으로부터 끌려
나왔다. 깨어나서 생각해보아도 어떤 폐허 도시인지 기억이
나지 않았다. 고고학을 한답시고 발굴을 다니던 시절, 꽤 많
은 폐허 도시를 답사한 적이 있다. 그런데 꿈에서 보았던 그
폐허 도시는 단 한 번도 본 적이 없었다. 꿈을 꾸면서 폭발음
이라고 생각한 것은 천둥이 치는 소리였다. 창밖으로는 장
대 같은 비가 내리고 있었다. 이 비를 뚫고 도대체 어떤 폐허
도시가 내 꿈으로 들어왔는지 아무리 생각해도 알 수 없었

다. 도대체 어떤 폐허 도시가 내 꿈으로 들어왔는지.

　이렇게 쓰고 보니 내가 뭔가 착각하고 있는 것 같다. 장소에 발이 있어서 들어가고 나오는가? 폐허 도시는 움직일 수 없는 한 장소이다. 움직일 수 있는 것들이 장소를 찾아간다. 인간은 의식적으로 한 장소를 방문하거나 그곳에서 대대로 살거나 더이상 그곳이 살 만한 장소가 아닐 때 떠난다. 동물은 그들만의 이유로 어떤 장소와 연관을 맺고 있다. 식물 역시 마찬가지다. 기후변화에 따라 동물은 물론이고 동물과는 다른 인내심을 가진 식물들도 다 떠나는 그곳을 장소는 떠나지 못한다. 그런 꿈을 꾼 이유는 사실 간단했다. 이슬람국가(IS)가 지난 3월 아시리아 왕국의 수도였던 니므루드를 파괴하고 난 뒤 다시 팔미라를 점령하면서 팔미라마저 파괴하지 않을까, 하는 뉴스를 저녁에 들었기 때문이었을 것이다. 아닌 게 아니라 뉴스에 의하면 이슬람국가의 테러리스트들은 팔미라의 유적지에 지뢰를 깔아놓았고 벌써 첫번째 성전을 파괴했다고 했다. 뉴스에 나온 팔미라는 1999년 내가 그곳을 방문했을 때 모습 그대로였다. 팔미라는 팔미라를 떠나지 않았다. 나는 내가 그런 꿈을 꾼 이유를 금방 진단했지만 그게 다였을까?

니므루드. 나는 그곳에 가본 적이 없다. 기원전 13세기에 건설되었고 기원전 9세기, 아슈르나지르팔 2세에 의해 아시리아 왕국의 수도가 되었던 고대도시. 그 도시는 기원전 612년, 메더인들과 칼데아인들에 의해 파괴되면서 인간의 역사적 기억 속에서 사라졌던 도시다. 18세기에 이르러서야 발견되었고 19세기에 들어와서야 발굴이 시작되었다. 그리고 세월이 흘러 2015년 3월. 테러리스트이나 스스로는 전사라고 믿는 자들에게 다시 복원된 도시의 유적지는 파괴당했다. 그런데 그들이 파괴한 것은 니므루드였을까? 그들 스스로가 공개한 비디오를 보면 니므루드 유적지에 있는 박물관 안에 들어가 복제해놓은 라마스를 신들린 듯 커다란 망치로 내려찍고 있었다. 라마스는 고대 오리엔트에 널리 알려졌던 보호신으로 몸통은 수소나 사자, 커다란 날개에 사람 얼굴을 하고 있다. 라마스는 여성 신이다. 그의 짝이며 남성 신인 쉐두와 함께 사원이나 궁궐 문 앞에 세워져 있었다고 한다. 유적지에는 불도저와 탱크가 서 있고, 칼라슈니코프 총을 든 남자들이 폭발물을 터뜨렸다.

　복원된 문화유적지는 잘 정돈된 폐허일 뿐이다. 그곳에서 현재는 과거의 기억을 보존하는 시간이다. 가시화된 과거가 현재의 풍우에 무너지면 보수를 하고 관광객들은 그런 것들을 보기 위해 온다. 삼천여 년 전에 소멸된 역사는 건축물이나 미술품, 토기, 점토판으로 물질화되어 그곳에 있다. 이미 소멸한 역사가 남긴 몇몇 유적이 파괴된다고 기억이 사라지는 게 아니라면 그들은 아무것도 파괴하지 못한 것이다. 그들은 상징을 만든다는 착각에 사로잡혀 있던 광신도이다. 이슬람이 들어오기 전 모든 기억을 거부하고 오직 이슬람의 기억만을 남기겠다는 상징적인 의무에 사로잡혀 세계 문화 시민이 공분하는 만행을 저질렀을 뿐이다. 그들만의 기억이 소중한 이들에게 인류 공공의 기억 운운하는 것은 아무 소용이 없다. 그들은 어느 이념에 순종하는 광폭함으로 눈먼 아이들일 뿐이다. 그렇게 니므루드 유적지는 불도저로 탱크로 폭발물로 망치로 드릴로 망가졌고 폐허의 폐허 위에서 그들은 승리의 포즈를 취했다.

그때, 잊힘에서 다시 기억으로 불려나온 한 장소는 이 파괴를 어떻게 받아들였을까? 어쩌면 한 장소는 파괴에 아주 익숙해서 덤덤하게 또 파괴되나보다, 하고 눈을 질끈 감으며 그 탱크와 불도저의 굉음이 지나가기를 바라고 있었는지도 모르겠다. 하긴 다 지나갔으니까. 모든 일이 지나가고 난 뒤에도 다시 사람들은 그곳으로 들어와 집을 짓고 길을 닦고 밥을 먹고 아이를 낳았으니까. 어쩌면 장소는 장소를 떠나지는 않았을까?

십어 년 만에 고향을 찾은 적이 있었다. 그곳은 내가 아는 그곳이 아니었다. 십여 년 동안 나는 나대로 내 고향이라는 지구의 한 장소도 그것대로 각기 제 시간을 살고 있었다. 내가 뜨악하게 새로 난 거리라든가 사라진 집들이라든가 알록달록하게 새로 단장한 역사적 건물들을 바라볼 때, 십여 년 전보다 더 늙고 자기연민은 더 많아진 한 여자를 내 고향이라는 장소도 뜨악하게 바라보지는 않았을까? 그곳에 나는 더 이상 없었고 내 내면에는 그곳이 없었다. 다만 나에게는 그곳의 옛 표정만이 있을 뿐이었다. 내가 태어나기 전부터 문을 열었다는 진주비빔밥으로 유명한 한 식당으로 들어갔을 때 그곳은 옛 모습을 그대로 지니고 있어서 눈시울이 붉어질 만큼 반가웠다. 그 식당은 의자, 탁자, 식기, 수저까지 옛것을 그대로 사용하고 있는 듯 보였다. 비빔밥과 국이 나왔다. 나는 비빔밥을 물끄러미 바라보았다. 잘게 썬 나물 위에 역시 잘게 썬 육회가 올려져 있었다.

소의 붉은 생살점. 이 소는 몇 살이었을까. 어떤 새벽과 아침과 낮과 저녁과 밤을 보냈을까. 소가 살았던 축사, 소가 맡았을 이 세세의 냄새들, 바람. 이제 붉은 몇 점으로 고향을 찾아온 어눌한 인간의 밥상에 올라온 소에 대해서 나는 할말이 없어 오랫동안 들여다보았다. 소가 이 세계를 떠날 때 소가 있었던 장소, 혹은 장소들은 함께 떠나지 않았을까 하는 생각이 들었다. 먹이가 되어 밥상에 올려진 소를 기리기 위해 이렇게 말을 길게 하는 것이 아니다. 동물을 대하는 인간의 윤리에 대해서 말하려고 하는 것도 아니다. 다만 붉은 살점을 보면서 소의 장소들은 소와 함께 소멸했을 거라는 생각이 들었기 때문이다. 나는 아직 살아 있어서 옛 고향의 모습, 한두 가지는 지니고 있다. 아마도 내가 그곳을 떠났을 때 함께 가지고 간 것이리라. 그렇게 장소도 장소를 떠난다. 장소를 내면화한 인간과 함께 그 인간의 시간과 함께. 육회를 슬며시 한곳으로 밀어내고 나는 밥을 먹었다. 밥은 따뜻했고 그래서인지 참 슬펐다. 다 먹고 난 뒤 한구석으로 밀어낸 육회만이 남았을 때 나는 소멸한 소의 마지막 장소가 그릇 안에 담겨 있는 것 같다는 착각을 했다. 식당을 나오며 나는 육회만이 담긴 그 그릇을 내 내면 속에 집어넣었다.

장대비가 그치지 않은 새벽에 나는 내가 꿈에서 본 그 폐허 도시를 복원했다. 겨울 우기에 내린 비로 우묵하게 갈라진 빗길이 있었다. 빗길을 사이에 두고 신전과 궁전이 서 있었는데 신전 기둥은 폭삭 내려앉아 폐허에 뒹굴고 있었다. 궁전의 큰 대문을 지키던 머리 없는 라마스가 다섯 다리를 하늘로 올리고 있었다. 빗길을 따라 서쪽으로 올라가니 거대한 석조 사자상이 무성하게 자란 갈대 사이에서 아직도 위엄을 풍기며 서 있었다. 지는 해가 내 눈을 찔렀다. 그 사이로 산더미처럼 쌓여 있는 부서진 토기들의 무덤이 보였다. 토기들의 무덤 옆에는 해골들이 뒹굴고 그 옆에는 점토판에서 나온 글자들이 땅 위에 나란히 서 있었다. 그런 폐허 도시는 이 지구에는 없을 것이다. 어느 빗길은 시리아의 한 유적지에서 본 것이고 라마스는 터키에서, 석조 사자상은 베를린에 있는 어떤 박물관에서, 토기의 무덤은 발굴지에서, 해골과 점토판 역시 지나쳤던 수많은 박물관에서 본 것이었다.

그러니 나는 돌아다닌 곳의 파편을 마음속에 넣어두었던 셈이다. 내 꿈에 나타난 폐허 도시는 이 지상에 존재하는 장소가 아니라 내 꿈에서만 존재하는 장소였다. 수많은 폐허 도시가 모여 새로운 폐허 도시로 내 꿈 한 언저리에 엎드리고 있는 꿈의 도시들. 그러니 이슬람국가의 테러리스트들이여, 그대들은 아무것도 부수지 못했다. 장소는 그곳을 애타게 그리워하는 수많은 이와 함께 그곳을 떠나버렸고 장소가 남겨놓은 수많은 유물은 이미 장소의 것이 아니므로. 부수어라, 그 무엇도 사실은 폭력으로 부수어지지 않음을 우리가 똑바로 볼 수 있도록.

6

—

독일,
2015년 가을의 단어들

．
．
．

전생이 있다면 왜 나는 기도의 순간에만 태어나는
걸까.

맞아, 그때도 우리는 이민이나 망명이라는 말을 들었
던 것 같다.*

모두 알다시피 우리는 두 번의 삶을 살 수 없다. 반복할 수
없으므로 안쓰럽고 그래서 자주 다른 곳을 떠올린다. 이현

* 이현승, 「고도를 기다리며」, 『생활이라는 생각』, 창비, 2015.

승 시인의 말을 인용하자면 곡절한 "기도의 순간에만" 태어나는 우리는 일회성이다. 전생은 없으므로. 아니 전생이라는 것이 있다 하더라도 그래서 다음에 더 괜찮은 삶을 살 수 있을지라도 지금 현재, 자신의 지반이 자신의 몰락인 이들은 "이민"이나 "망명"이라는 속절없는 대책을 꿈꾼다. 하지만 시인의 말대로 '도망갈 곳이 없다'. 떠나는 꿈은 전생처럼 아득하고 잡을 수 없는 것에 속한다. 2015년 가을, 독일로 들어오는 난민들은 정녕 떠나지 않으면 안 되는 이들이었다. '도망갈 곳이 없'음에도 도망가는 악몽 속에 사는 이들이 그들이었다. 그들이 들어오면서 몇몇 단어가 이곳의 가을과 시간을 정의했다. 그 단어들을 두서없이 적어본다.

1. 난민

그들이 고향을 떠나온 이유는 딱 두 가지 단어로 정의할 수 있다. 전쟁과 가난. 2015년 가을의 입구에는 한 사진이 있었다. 아일란 쿠르디라는 세 살배기 아이의 사진. 아이는 2012년에 태어나서 2015년 9월 2일에 죽었다. 아이의 가족은 시리아에 있는 다마스쿠스에서 전쟁을 피하려고 알렙포로 갔다가 다시 코바니에서 터키 난민촌으로 피신을 했다. 친척이 있는 캐나다로 가려다가 실패하고 일인당 이천오십 유로를 지불하고 그리스의 섬인 코스로 가는 배를 탔다. 쿠르디의 가족은 아마도 가지고 있던 모든 것을 팔았을 것이다. 배는 뒤집혔고 아이는 물에 빠져 죽었고 차가운 아이의 몸은 터키의 해변 보드룸으로 떠밀려왔다. 아이의 어머니, 아이의 형제 역시 물에 빠져 죽었다. 죽은 아이가 찍힌 사진은 전 세계로 보도되었고 태어나서 전쟁 말고는 겪은 것이 없었던 아일란의 죽음은 난민 위기의 상징이 되었다. 아프리카와 중동에서 유럽으로 탈출하는 난민들로 지중해가 난민들의 공동묘지로 불린 지도 오래되었다. 유럽연합이 자신의 국경을 꽁꽁 닫는 동안 수많은 이가 바다에서 죽어나갔다. 바다가 공동묘지로 보이는 것은 착각이 아니다. 수면 아래에 있는 수많은 비명과 죽음의 순간을 듣고 보는 것은 정녕 착각이 아니다. 지중해의 수면이 햇빛 아래에서 평화롭게 코발트빛을 띠고 모든 것을 잠재운다고 생각하는 것이 착각이다. 바다 저 너머에는 전쟁이 있고 사람들은 그들이 살던 도시에서 더이상 살지 못해서 길을 떠난다. 아사드의 군대, 반란군의 군대, 이슬람국가의 군대, 소련과 미국의 무기로 고향은 죽음 천지가 되었다. 그 고향에서 늙고 자연스러운 죽음을 맞이할 기회가 박탈된 이들은 짐을 싼다. 도망길에서 죽음을 맞이한다고 하더라도 집안에서 폭탄을 기다리고 살 수는 없는 노릇이 아닌가. 수많은 것과 이별하면서 불확정한 미래에 대한 공포를 가슴에 안고 떠난다. 최소한 인간으로 살 수 있는 조건을 찾아서.

2. 국경

유럽연합 내에서 국경이 사라진 것은 오래된 일이다. 더 정확하게 말한다면 국경이 아니라 컨트롤이 사라진 것이다. 유로로 통화가 단일화된 것과 국경 컨트롤이 유럽연합 국가 사이에서 없어진 것만 하더라도 이차 대전 이후, 유럽을 함께 안아주는 데 커다란 몫을 했다고 연구자들은 말한다. 독일에서 산 지 이십여 년 만에 이렇게 자주 '국경'이라는, 말을 들어본 적은 없었다. 여기저기서 국경이라는 다만 지도 속에 선으로 그어진 인간들의 경계가 가시화되기 시작했다. 불쑥불쑥 장벽이 올라오고 공포가 내면의 지도가 되는 상황. 한국이 헬조선이라면 이곳, 유럽은 헬국경. 이제 전생에도 문득 떠올렸던 '이민이나 망명'이라는 말이 가을의 황금빛 속에서, 아침의 짙은 미세먼지 속에서 일렁거린다. 여기는 어디인가? 21세기 초반의 지구이다. 난민들이 스마트폰을 들고 유럽 국경을 넘어오거나 넘어오지 못해 국경 근처 난민 수용소에 불을 지르는 헬이다. 경찰의 호위를 받으면 난민 등록소로 보내지고 지문을 남기면 그 나라에 머물러야 하므로 경찰을 피해서 길 아닌 길을 걷는다. 아이들은 배가 고파 울고 기침을 하고 어른들은 아이들을 달래며 재촉한다. 가자, 가자. 그 헬 속에 현세의 가을이 가득해질 때 오도 가도 못하는 건 꿈만이 아니다. 꿈 바깥의 삶은 더 오도 가도 못한 채 스스로를 인질로 삼고 겨울 입구로 향한다. 가을과 겨울 사이에는 국경이 없기를 바라며.

3. 환영 문화 그리고 '우리는 이룰 수 있다'

구월 초, 독일 총리인 메르켈이 난민들을 제한하지 않고 받아들이겠다는 발표를 하고 난 뒤부터 난민들이 엄청난 숫자로 몰려들고 있다. 아이를 안고 업고 사람들은 발칸의 길을 지나서 오스트리아로, 오스트리아에서 독일로 왔다. 헝가리가 국경을 닫아버리자 사람들은 크로아티아로 갔고, 그곳에서 오스트리아로 가는 길이 여의치 않자 슬로베니아로 길을 돌렸다. 줄을 지어 그들은 걸었다. 걸을 수 없는 어린 아이는 안고 그보다 조금이라도 나이가 많은 아이들은 부모의 손을 잡고 걸었다. 그들이 걷는 길 옆에 줄을 잇고 서 있는 밭에는 옥수수가 자라고 있었다. 무성하게 아직 여름의 옷을 입고 옥수수가 마치 그들을 퍼렇게 사열하는 것 같았다. 난민들이 서두른다고 뉴스는 전했다. 비가 많이 오고 밤이면 영하로 내려가는 계절이 오기 전에 발칸의 길을 지나서 중부 유럽으로 들어오려는 난민들로 이 가을은 꽉 찰 것이라고 했다. 헝가리 국경 수비대들이 난민들을 부당하게 대우한다는 뉴스가 전해지면서 독일인들은 오스트리아에서 기차로 뮌헨으로 들어오는 난민들을 환영한다는 현수막을 들고 기차역으로 나갔다. 그들에게 줄 음료수와 빵, 따뜻한 옷, 아이들을 위한 동물 인형까지 준비해서는 난민들을 맞이했다. 구월 중반에 내가 독일에서 가장 많이 들은 말은 '환영문화Willkommenskultur'였다. 아닌 게 아니라 뮌헨 중앙역에서 난민들을 맞이하던 독일인들은 손으로 적은 '난민, 환영Refugees welcome'이라는 현수막을 들고 있었다. 메르켈은 시민들에게 감사하면서 '우리는 이룰 수 있다'라고 말했다. 그리고 수적 제한 없이 난민을 수용할 것이라고 발표했다. 정치적으로 너무나 순진한 것이 아닌가, 난민 문제를 너무 과소평가한 것이 아닌가, 라는 비판에 그녀는 단호하게 말했다, '아니, 위기에 처해 있는 사람들을 도와주자는데 비판을 한다면 이 나라는 내 나라가 아니다'라고. 어느 순간, 정치인임을 잠시 내려두고 한 인간임을 그녀는 천명한 것이다. 하지만 무엇을 이룰 수 있단 말인가? 들어오는 난민과 정주하는 국민들 사이에서 정치는 안간힘을 쓰면서 이 둘을 끌어안으려고 하지만 '낯선 이'에 대한 경계, 혹은 공포는 인류를 거대한 전쟁으로 몰아넣지 않았는가. 집시가 들어오면 전염병이 돌고 그들이 마당에 널린 빨래와 아이들을 훔친다는 속설, 난민으로 들어온 타종교를 가진 젊은 남자들이 이곳에서 자란 젊은 아가씨들을 빼앗을 거라는 무의식적인 경계, 일자리, 교육을 받을 자리가 적어지며 집값이 올라갈 것이라는 걱정 등등 앞에서 정치는 무력하고, 잊었다고 믿고 있던 수많은 편견이 다시 사회의 수면으로 떠올랐다.

4. 믿는 이들의 어머니

페이스북과 트위터 등의 인터넷망을 타고 그 소식은 난민들에게로 급속하게 전해졌다. 난민들은 메르켈의 사진에다 '믿는 이들의 어머니'라는 말이 박힌 현수막을 들고 중부 유럽으로 들어왔다. '메르켈 총리, 고마워요'라고 그들은 말했다. 중동 곳곳에서 그녀를 칭찬하는 보도들이 잇달았고 난민들을 받아들이지 않는 이슬람 형제 국가들에 대한 비판이 혹독해졌다. 그 '믿는 이들'은 개신교 목사의 딸로 태어난 메르켈에게 '믿는 이들의 어머니'라는 호칭을 붙이고 그녀의 사진에 테레사 수녀의 옷을 입혔다. 발칸반도에 속한 유럽 연합 국가들은 메르켈을 비난했다. 이 사태를 어떻게 책임 질 거냐고. 유럽연합 국가 가운데 가난한 나라에 속하는 발 칸국가들은 재정적인 이유로, 가톨릭인 나라는 종교적인 이 유로 메르켈처럼 '휴머니스트적'인 난민 정치를 하지 못한 다고 간접적으로 천명했다. 이 사태는 유럽연합의 문제가 아 니라 난민을 환영한다고 말한 '독일의 문제'라고 말했다. 독 일은 거꾸로 돈이 필요하면 유럽연합을 찾고 문제가 생기면 국가 이기주의로 돌아가느냐고 난민을 받아들이기를 꺼리 는 유럽 국가들을 비난했다. 높은 인기를 누리던 메르켈은 수세에 몰리며 심지어 물러나라는 비난마저 들었다. 담을 더 높이 더 두껍게 만든다고 난민들이 들어오지 않겠는가, 하고 많은 이가 물었다. 그 험난한 수로로 육로를 지나온 이들이 유럽연합의 입구에서 길을 되돌아가겠느냐고 많은 이는 재 차 물었다. 떠나온 곳에서 전쟁이 지속되는 한 그들은 떠나 기를 멈추지 않을 것이다, 라고 누군가는 목청을 높였다.

5. 안전한 출신국 혹은 경제 난민과 정치 난민

공식적인 집계로는 팔십만 명, 비공식 집계로는 백오십만 명의 난민이 올해에 독일로 들어온다고 했다. 난민의 행렬이 멈추지 않자 난민을 환영하던 독일의 분위기는 달라지기 시작했다. 난민을 위한 자원봉사자들은 피로에 지쳤고 밀려오는 난민들을 위한 천막마저 부족한 상태가 왔다. 난민을 그렇게 무자비로 들어오게 하면 안 된다는 목소리가 올라오기 시작했다. 오스트리아와 국경을 이루는 바이에른 주정부는 메르켈의 난민 정치를 비판하기 시작했다. '안전한 출신국'이라는 말이 떠돌기 시작했다. 전쟁이나 정치적인 위기가 없는데 좀더 나은 삶을 가지기 위해 독일로 오는 난민들을 '경제 난민'이라고, 그런 난민들은 빨리 제 나라로 보내야 한다는 목소리가 높아졌다. 그 '경제 난민'들이 이 나라의 사회복지를 이용해 먹는다는 분노까지 들끓었다. 하지만 '안전한 출신국'은 어디인가? 이 세계에서 정말 안전한 곳은 있을까? 어디까지가 안전한 상태이고 어디부터가 위기 상태인가? 출신국이 '안전한 국가'로 등급이 매겨져 제 나라로 보내지는 사람들과 독일에서 난민이라는 인정을 받을 가능성이 많은 나라 출신의 사람들 사이에서는 시비가 잇달았다. 시리아 난민을 제일로 친다 해서 위조된 시리아 여권은 암시장에서 팔백 유로가 넘게 거래되었고 유럽연합 국경을 넘어오기 전 난민으로 받아들여질 기회가 적은 국가 출신의 난민들은 자신의 여권을 버리기까지 한다고 했다. 난민과 난민 사이에 차이가 생기고 차이는 시비를 낳고 난민 수용소에서는 크고 작은 폭력 사태가 심심찮게 일어났다.

6. 낯선 이에 대한 미움, 그리고 관용의 무지갯빛

이차 대전이 끝나고 난 뒤에도, 68세대의 운동이 극렬하게 독일 사회를 지나가고 난 뒤에도 극우주의자들은 있었다. 네오나치 같은 극우의 대명사처럼 된 정치집단은 물론 일상에 소소하게 남아 있던 인종주의까지 독일은 자유롭지 못했다. 어떤 의미에서 이런 것들로부터 자유로운 사회가 이 세계에 있기나 한 걸까? 우리들 모두는 이런 면을 조금씩 가지고 있다. '나는 인종주의자는 아닙니다. 하지만' 이라는 말이 있다. 이 말에서 중요한 점은 '하지만'이라는 말 뒤에 붙는 말이다. 이를테면 '나는 인종주의자는 아닙니다. 하지만 유색인종들은 우리랑 다르지 않나요?'라거나 '나는 낯선 이를 미워하지는 않습니다. 하지만 우리도 우리를 잘 챙기지 못하면서 타인을 도와줄 여력이 있나요' 등등. SNS망을 통하여 쏟아진 무수한 인종차별의 언사, 난민에 대한 극언은 이 가을을 황금빛으로 물들인 낙엽만큼이나 무수하고도 무수하게 떨어져서 브라운빛의 천국을 이루었다. 브라운빛은 나치의 색깔이다. 그 야만의 빛 위에 '관용'의 무지갯빛을 그리워하는 이들이 이곳에는 아직도 많다. 아마도 2015년 겨울은 그 두 빛이 독일을 덮을 것이다. 어느 빛이 더 강해질지는 아무도 모른다. 어쩌면 겨울 내내 이현승 시인의 말대로 "불안은 우리의 항상심"이 되어 모두를 덮을지도 모른다.

7
—

착각의
저 너머

·
·
·

　하룻밤을 뜬눈으로 보낸다는 건 남은 밤을 눈 감겠다
는 거지 그러니까 그게 나라고만 할 수 없는 향기가 스
멀스멀 빠져나오고 그게 꼭 너라고만 할 수 없을 불빛이
벌레처럼 내 살을 갉아 먹고*

　임승유 시인의 「여인숙」이라는 시를 읽으며 지난여름에
복숭아를 먹던 순간이 떠올랐다. 이 시에서 시인은 "복숭아

*임승유, 「여인숙」, 『아이를 낳았지 나 갖고는 부족할까 봐』, 문학과지성사, 2015.

는 제 몸의 껍질을 벗어놓고 물끄러미 쳐다보고 있다 저 흘러내리는 속살을 다 견디려면 제 몸을 먹어치워야 한다"라고 썼다. 내가 복숭아를 먹던 순간도 시인과 다르지 않았다. 시인처럼 나도 껍질이 벗겨진 복숭아를 오랫동안 바라보았다. 껍질과 알몸이 된 과육, 분명 내가 껍질을 벗겼는데도 나는 복숭아가 저절로 겉옷을 벗은 것이라는 착각을 하고 있었다. 먹힐 시간 앞에서 고스란히 항복하는 과일과 타 생명을 먹어야만 존재의 몸이 유지되는 인간. 그 사이에서 진땀처럼 뚝뚝 떨어지던 과즙. 그 순간, 포유류인 나는 식물인 복숭아와 그리도 먼 진화의 길을 걸어왔는데도 마치 어깨를 나란히 하고 지구라는 '여인숙'에서 오랫동안 머무른 것 같았다. 아닌 게 아니라 고식물학자들은 신경의 기원은 식물과 동물이 같다고 한다. 같은 기원에서 왜 한 존재는 식물의 길을 갔고 다른 존재는 동물의 길을 갔는지 나는 알지 못하지만, 식물에게서 존재의 슬픔을 공감하는 것은 어쩌면 내 유전자에 각인된 고생대의 기억 때문인지도 모르겠다. 복숭아 물이 뚝뚝 떨어지던 여름의 오후는 길고도 길었다. 끈질기게 저편으로 가지 않는 태양을 보면서 복숭아나무와 나는 오랫동안 같은 행성을 바라보면서 살았다는 생각도 들었다. 그러니 앞에 인용한 시 구절대로 '나'라고만 할 수 없는 '너'라고만 할 수 없는, 존재의 경계가 지워지는 상태, 이 착각의 상태는 슬픔의 한 원형인지도 모른다. 나는 이 시인과 함께 착각의 '여인숙'에서 지내고 있어서 무척 즐거웠다.

이 마을로 이사를 한 후, 십여 년이 지난 지금까지 이웃으로 지내는 B씨는 도시의 세무청에서 일하다가 은퇴를 한 이였다. 그는 아내와 함께 살고 있었다. 지난해 B씨의 아내는 치매에 걸려 마을에 있는 치매 요양원으로 떠났고 그는 혼자 살았다. 그는 언젠가 쓰레기를 비우러 나온 나에게 그 역시 치유될 수 없는 파킨슨병을 앓고 있다고 말했다. 파킨슨병은 뇌의 신경전달물질인 도파민을 인간의 몸이 더이상 자체 생산할 수 없을 때 찾아온다고 한다. 평생 세금을 헤아리는 일을 했지만 독서를 좋아하고 새를 관찰하는 것을 취미로 가진 이였다. 그는 새를 관찰하러 동터키까지 여행을 가곤 했다. 그는 우리집 마당에 찾아오는 새들의 독일어 이름을 나에게 가르쳐주었다. 외국어를 어느 정도 한다고 하더라도 식물과 곤충, 그리고 새의 이름들까지 알기는 쉽지 않다. 일상생활을 하는 데 그런 이름들은 그닥 필요하지 않기 때문이다. 덕분에 나는 새 도감을 넘기며 독일어로 새 이름을 외울 수 있는 기회를 가지기도 했다. 언제나 정확하고 단정하던 B씨. 그러나 아내가 치매 요양원으로 떠나고 난 뒤 산책을 나가던 그의 발걸음은 느려졌으며 입은 외투는 꾸깃거렸다. 해마다 가지치기를 해주어야 하는 정원의 나무들은 무성하게 자라 B씨의 집은 점점 식물들의 영토 속에 갇힌 것 같았다. 어느 날 밤에 불쑥 그의 아들이 문을 두드렸다. 그는 열쇠를 잃어버려서 집안으로 들어가지 못한다고 했다. 휴대전화마저 집안에 두고 온지라 전화를 할 수도 없어서 우리에게 도움을 청하러 왔던 것이다. 열쇠 서비스가 도착하기까지 그는 차를 마시면서 아버지의 근황을 들려주었다. B씨는 며칠 전에 구급차에 실려서 병원으로 갔노라고 아들은 말했다. 한밤중에 B씨는 헛것을 보았다고 했다. 집안에 침입자가 있다고 생각하고는 경찰에 도움을 청했다. 출동한 경찰은 어지러운 집 안, 혼자 어둠 속에 서 있는 그를 발견했다. 그는 경찰들에게 말했다고 한다, 집안에 침입자가 숨어 있는데 잡지 않고 뭐 하느냐고. 경찰들은 집안을 샅샅이 뒤졌지만 아무도 발견하지 못했고 B씨를 병원으로 데리고 갔다. 그날 이후로 그는 정신병원에서 치료를 받고 있다. 아들은 아마도 헛것을 보는 것은 파킨슨 치료약의 후유증일 거라고 말했다. 인위적으로 만들어진 도파민을 복용하는 파킨슨 환자들에게 자주 일어나는 부작용이라고 했다.

나는 아마도 약의 부작용보다 더 큰 요인은 그가 혼자 살았기 때문이라는 생각을 했다. 거의 팔십에 접어든 그에게는 일주일에 한두 번 찾아오는 독신인 아들과 역시 일주일에 한 번씩 오는 청소부, 간병인 말고는 아무도 없었다. 이웃이라는 존재도 그렇다. 그의 아내가 요양원으로 가고 난 뒤 나는 주의깊게 그를 관찰했지만 무턱대고 찾아가서 도움이 필요하냐고 물을 수는 없는 노릇이어서 언제나 거리를 유지한 채 살피고만 있었던 것이다. 그리고 집을 비운 사이에 경찰이 다녀가고 응급차가 다녀간 것을 내가 어떻게 알 것인가. 그는 아마도 집안에 갇혀 시간을 잊어버렸을 것이다. 약 먹을 시간을 놓친 것도 잊고 어쩌면 창밖에 검은 환영처럼 무성해지는 나무들을 바라보고만 있었는지도 모른다. 점점 굳어져가는 근육이 나무의 몸과 같다고, 드디어 자신을 나무라는 존재와 같이 여겼을지도 모르겠다.

늙은이들에게 찾아온다는 퇴행성 질환인 파킨슨은 그러나 노인병만이 아니다. 수많은 젊은이가 이 병에 걸린다고 했다. 단 하나의 몸속에서 생산을 멈추는 순간, 균형이 깨어지는 순간. 나는 어쩌면 시를 쓰는 일도 이 영역 안에 속하는 것이 아닐까라는 생각을 했던 때도 있었다. 우리가 '정신'의 영역에 속한다고 믿고 있는 많은 것은 어쩌면 우리 몸이라는 '물질'의 비균형에서 나온 것은 아닌가? 어쩌면 이런 생각도 착각의 산물이기도 하다. 논리적으로 설명될 수 없는 세계 앞에 서 있는 불안. 그리고 모든 것을 다 설명하고 난 뒤에야 안심이 되는 세계. 꽃이 왜 예쁜지에 대해서 시인의 언어보다는 식물학자의 설명이 더 납득되는 이 논리적인 세계 앞에서 무작정 항복하는 것. 그런데 논리적으로 설명이 가능한 너머에는 무엇이 있을까? 설명할 수 없는 것 그 너머에는? 그 너머에서 존재의 이유를 묻고 있는 것이 시가 아닐까. 논리로 설명되는 세계의 불완전함을 절망하는 것이 시가 아닐까.

신경생물학자들은 인간의 영혼을 이제 과학의 영역에 넣어두었다. 우리가 설명 불가하다고 생각하는 영혼마저도 학자들의 실험실에서 측정되고 가시화된다. 하지만 설명 불가함은 여전히 설명 불가함이다. 『어떻게 뇌는 영혼을 만드는가Wie das Gehirn die Seele macht』라는 책을 니콜 슈트뤼버Nicole Strüber와 함께 쓴 신경생물학자인 게하르드 로트Gerhard Roth는 "영혼은 뇌 속에 자리잡고 있다"고 한다. 감각과 경험된 감각을 모아서 정렬하고 다시 인간의 행태로 전달하는 뇌의 역할을 말하면서 인간의 철학적 사유마저 신경의 한 작용이라고 설명한다. 하지만 그 과학자도 이렇게 문 하나를 열어

둔다:

"뇌 없이 우리는 모나리자를 아름답다고 느낄 수 없습니
다. 하지만 이것이 아름다움에 대한 감각을 신경들 속에서
발견할 수 있다는 것을 의미하지는 않습니다. 되레 이렇게
생각해야 하지 않을까요? 신경들은 함께 작동되어야만 합니
다. 그것으로 어떤 다른 영역에서 미학적인 아름다움의 경
험이 생기도록 말입니다. 이 '다른 영역'도 그러나 자연법칙
들 아래에 놓여 있습니다."

8

—

잘츠부르크는
어디에 있는가

.
.
.

"어제 기절이 나에게로 왔다. 기절은 내 이웃집에 산다."

—카프카의 일기에서

나에게 잘츠부르크는 시인 트라클의 도시였다. 트라클의 시들을 읽으며 그가 유년 시절을 보냈던 그곳을 자주 떠올렸다. 독일에 살아서 마음만 먹으면 기차를 타고 갈 수 있고 공부를 하다가 알게 된 독일 친구도 그곳에 살고 있어서 한번 방문할 법도 했건만 아직 그러지를 못했다. 친구는 잘츠부르크가 아름다운 도시이기는 하지만 그곳 또한 사람들이 살

고 있는 범상한 한 도시에 불과할 뿐이라고 누누이 강조했
다. 그러나 나는 고집 센 아이처럼 이를 악다물고 친구의 말
을 귓등으로 흘려들었다. 트라클의 이런 시를 읽는 순간에
서 깨어나고 싶지 않았기 때문이다.

Die Bläue meiner Augen ist erloschen in dieser Nacht,

내 눈의 청빛은 이 밤에 꺼졌다,

Das rote Gold meines Herzens. O! wie stille brannte

das Licht.

내 심장의 붉은 금. 오! 얼마나 고요히 빛은 타올랐던가.

Dein blauer Mantel umfing den Sinkenden;

네 파란 외투는 무너지는 이를 에워 안았지;

Dein roter Mund besiegelte des Freundes Umnachtung.

네 붉은 입은 벗의 착각을 봉인했다.

　　　　　　　　　　　　　　—트라클, 「밤에Nachts」 전문

이 시를 아주 오랫동안 읽고 또 읽은 적이 있다. 독일어로

쓰인 시를 읽는 것이 얼만큼 자유로워지고 난 후였다. 밤에 툭, 떨어진 것 같은 이 시는 읽으면 읽을수록 점점 의미는 사라지고 이미지만 남았다. 어느 밤, 무슨 일이 있었다. 그 밤에 '내 눈의 청빛은 꺼졌다'. 그 빛은 '내 심장의 붉은 금'이었다. 마지막 두 행에는 다시 '파란' 색, 그리고 '붉은'색이 등장한다. '무너지는 이를 에워 안아주던 네 파란 외투', '벗의 착각'을 봉인했던 '네 붉은 입', '파란'과 '붉은' 사이에 타오르던 '빛'. 트라클의 시라는 것을 우리가 알지 못한다면 이 시행들은 성경에서 혹은 고대 그리스 고전에서, 프랑스, 스페인, 이탈리아, 혹은 라틴아메리카, 현대의 중국, 일본, 한국, 인도에서 쓰였다고 해도 그대로 믿을 것이다. 물론 트라클을 잘 아는 이들은 '파란'과 '붉은'색이 미묘하게 교차하는 것을 보면서 트라클의 시라는 것을 짐작할 수도 있을 것이다. 트라클의 시뿐 아니라 어떤 시들은 시공이 없는 곳에서 발생하고 또한 시공 없이 살아가기도 한다. 그리고 읽는 자의 마음에 의해 천 번도 다른 해석이 가능한 시간을 살아왔고 살아간다. 그것은 이 시 안에 더없이 널려 있는 색 덕분이다. 이 색들은 시각이 우리의 존재를 얼마나 간섭하는지를 보여준다. 색에서 환기된 것은 자연만이 아니다. 자연을 바라보는 감각이다. 감각 때문에 어느 시인은 젊어서 몰락하기도 하고, 감각 때문에 어느 시인은 세계를 표현할 수 있는 자유를 얻기도 한다.

트라클이 살면서 시를 썼던 잘츠부르크는 지상에 존재하는 도시가 아니라 내가 마음속에 들여서 내 것으로 만들었던 문학적인 공간이었다. 그리고 그곳은 '청빛'이 꺼진 어두운 착각의 장소였다. 누군가의 '붉은 입'이 봉인한 '벗의 착각'이 있는 그런 곳. '검은 거울' '갈빛의 작은 정원' '얼음처럼 차가운 떨림 속에서 죽은 아이를 낳는 창녀' '검은 천사' '영혼들은 죽음을 노래하고' '별들은 하얀 슬픔을 번지게 하고' '황량한 도살장의 문 앞에 가난한 여자들은 떼지어 서 있고' '정원에서는 관을 만들고' 등등 그의 시 속에 등장하는 몇몇 이미지만으로도 '하얀', 그러니까 하얗게 질려버린 어떤 영혼을 발견할 수가 있다. 그와 동시대를 살아가던 카프카가

프라하에서 "어제 기절이 나에게로 왔다. 기절은 내 이웃집에 산다"라고 일기장에 적던 순간이 시로 쓰인 공간. 한 시인이 인간으로서는 기절한 상태로, 다만 시인이어서 그 기절을 이웃으로 두며 마치 좀비처럼 산책을 하던 그런 공간. 이 시를 읽는 이도 일종의 '기절' 상태로 들어간다. 좀체 시 언어로 들어오지 않는 순간들이 단방에 시로 변한다. 그 순간, 시인은 기절로 가장된 시적 순간을 맞는다.

그런데 어느 날 나는 잘츠부르크의 다른 모습을 보았다. 유년 시절, 내가 트라클이라는 시인을 몰랐을 적에 이미 영화로 체험한 공간이었으나 배경이 잘츠부르크라는 것을 나는 몰랐다. 그 영화는 〈사운드 오브 뮤직〉이었다. 아주 잊어버리고 있었는데 말끔하게 재작업이 되어 DVD로 시장에 나와 있었다. DVD를 산 것은 어렴풋하게 남아 있던 밝고 낙천적이며 영화를 가득 채우던 추억의 노래들 때문이었다. 그시절로 돌아가고 싶어서 그랬던 것은 아니다. 이미 사십 년전 나를 떠나간 나를 기어이 지금으로 데리고 와서 같이 놀고 싶은 생각은 없었다. 다만 한번 더 보고 싶었다. 다시 보았더니 할리우드에서 제작된 뮤지컬 영화답게 환했다. 알프스는 장엄했고 들판은 넓었으며 성은 아름다웠고 그 안에서 살아가는 이들은 화려했고 영화 속의 아이들은 귀여웠다. 영화의 주인공인 마리아가 정말 그림 같은 들판을 달리며 〈사운드 오브 뮤직〉을 불렀을 때 하늘은 정말로 '청빛'이었다. 〈에델바이스〉가 흐르고 천사 같은 일곱 아이가 청순한 견습 수녀 마리아와 함께 돌아다니던 그 환하고 고풍스러운 도시는 약물 중독자인 시인이 끔찍한 이미지와 동거하며 살아가던 그 도시와는 생판 다른 곳이었다. 〈사운드 오브 뮤직〉의 원작은 주인공 마리아의 회고록을 바탕으로 만들어진 『노래하는 트라프 가족』이라고 한다. 일차 대전의 영웅이었던 트라프 남작은 아내를 잃고 일곱 아이를 기르며 살다가 견습 수녀인 마리아가 보모로 들어오면서 새 인생을 맞이하게 된다. 군대식으로 아이들을 교육하던 집안 분위기는 기타를 들고 노래하기를 사랑하는 청순한 마리아에 의해서 순식간에 변한다. 둘은 사랑에 빠지고 결혼을 한다. 그리고 히틀러가

오스트리아를 독일과 합병하자 왕정주의자였던 트라프는 가족들을 데리고 잘츠부르크를 탈출해서 미국으로 간다. 영화는 그들의 일생을 할리우드식으로 윤색했을 것이다. 드라마를 보여주어야 하니까. 아마도 트라프 가족의 이야기는 영화보다는 덜 극적일 것이다.

잘츠부르크에서 태어난 한 시인은 일차 대전 초기에 전쟁터에서 죽었고 같은 곳에서 살았던 한 귀족의 전쟁 영웅은 전쟁이 끝나자 돌아오나 다시 세계대전의 전운이 감돌자 그곳을 떠나간다. 이 두 사람은 단 한 번도 만난 적이 없었을 것이다. 잘츠부르크라는 도시만이 그들을 맺어주던 고리였다. 트라클에게 잘츠부르크는 어디에 있었으며 트라프에게 잘츠부르크는 어디에 있었을까? 전쟁에서 죽은 시인에게나 고향을 떠나 미국을 전전하며 살아야 했던 전쟁 영웅에게나 그곳은 지도 위에 있는 구체적인 지명만은 아니었을 것이다. 회상은 인간을 놓아주지 않는다. 인간의 몸이 자신의 회상을 언젠가는 떠날 뿐이다. 그때, 그들이 이 지상을 떠났을 때 잘츠부르크는 어디에 있는가? 그들의 잘츠부르크는 이 세계에서 사라져버렸는가? 그리고 그곳을 시로 영화로만 알던 나에게 잘츠부르크는 이 세계의 지도 안에서만 존재하던 도시였을까?

지상의 모든 장소는 실재로부터 한 인간의 꿈속으로 곧잘 들어와 새로운 공간을 만들어낸다. 그 공간은 온전히 한 인간에게 속한 곳이다. 나에게 잘츠부르크란 그런 곳이었다. 그곳이 잘츠부르크라는 것을 알지도 못했던 여자애가 지방 도시의 한 영화관에서 나올 때 눈에 그렁그렁하던 이국의 도시. 나이가 들면서 트라클이라는 시인의 시들을 읽으며 생애의 한 시간을 보내리라는 것을 짐작도 못했던 그때. 1970년대였다(검색을 해보니 그 영화는 1965년에 제작되었다는데 1970년대 지방도시 한 극장에서 정말 나는 그 영화를 보았을까? 그러나 한사코 내 기억은 1970년대라고 말한다. 기억은 때로 한 뭉치의 철없는 털실처럼 헝클어져 있는데 아마도 내 유년의 기억이 그러할 것이다).

기억은 말한다:

왼쪽으로 꺾어 들어가면 중앙시장으로 이어지던 극장의 계단 위에서 〈에델바이스〉를 따라 부르던 여자애. 아마도 봄이었는지 냉이와 달래…… 강아지들, 병아리들이 시장에 나와 있었다. 멀리 눈을 두면 비봉산이 보이는데 고향의 산은 눈 덮인 알프스산과는 비교할 수 없이 작아 보였다. 착각이다. 착각 속에서 작아 보이는 것은 아무것도 없다. 크게 보이는 것도 없다. 착각의 영상은 유영이다. 부유하는 기억. 그 가운데 착각은 말한다. 나, 여기에 있었다고. 숨죽이며 그러나 떠돌며 그러나, 내가 있는 곳은 여기, 인식론적으로는 설명이 되지 않는 존재의 가장자리, 기억(혹은 시간의 흐름)이 없으면 아무것도 아닌 나.

그 영화를 보았던 시절, 잘츠부르크는 내가 모르는 도시였다. 트라클의 시를 읽고 그의 생물학적인 전기를 읽으면서 잘츠부르크는 트라클의 도시였으나 역시 내가 모르는 도시

116

였다. 이 세계에는 내가 아는 도시란 없다. 그리고 나는 '기절을 이웃'으로 두고 나의 잘츠부르크를 산책한다. 내 내면의 다른 도시들을 다음 산책지로 정해놓고. 가여운 기절의 이웃, 카프카여!

오늘의 착각

ⓒ허수경 2020

초판 1쇄 발행 2020년 6월 9일
초판 3쇄 발행 2021년 8월 8일

지은이 허수경
펴낸이 김민정
편집 유성원 김필균 김동휘 송원경
디자인 한혜진
마케팅 정민호 김도윤
홍보 김희숙 함유지 김현지 이소정 이미희 박지원
제작 강신은 김동욱 임현식
제작처 상지사
펴낸곳 난다
출판등록 2016년 8월 25일 제406-2016-000108호
주소 10881 경기도 파주시 회동길 210
전자우편 nandatoogo@gmail.com **트위터** @blackinana **인스타그램** @nandaisart
문의전화 031-955-8865(편집) 031-955-2696(마케팅) 031-955-8855(팩스)

ISBN 979-11-88862-74-0 03810